KB078052

미러클
테이머
MIRACLE
TAMER

미라클 테이머 6

인기영 장편소설

초판 1쇄 찍은 날 § 2016년 12월 21일
초판 1쇄 펴낸 날 § 2016년 12월 28일

지은이 § 인기영
펴낸이 § 서경석

편집책임 § 이창진

펴낸곳 § 도서출판 청어람
등록번호 § 제387-1999-000006호
등록일자 § 1999. 5. 31
어람번호 § 제1-2590호

주소 § 경기도 부천시 부일로 483번길 40 서경B/D 3F (우) 14640
전화 § 032-656-4452   팩스 § 032-656-4453
http://www.chungeoram.com
E-mail § chungeorambook@daum.net

ISBN 979-11-04-91107-1 04810
ISBN 979-11-04-90882-8 (세트)

미러클
테이머

인기영 장편소설

FUSION FANTASTIC STORY

MIRACLE TAMER

6

도서출판 청어람

미러클
테이머

MIRACLE
TAMER

CONTENTS

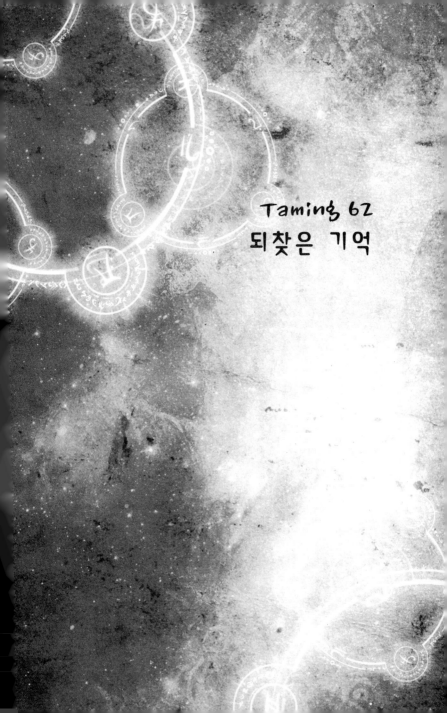

Taming 62
되찾은 기억

샤오샤오는 내 방 침대 위에서 과자와 음료수를 먹고 있었고, 난 그런 샤오샤오를 의자에 앉아 구경하는 중이다.

"와작와작. 꿀꺽! 꿀꺽! 샤아~"

과자를 한 움큼 볼에 집어넣고 씹다가 음료수까지 시원하게 넘긴 샤오샤오가 만족스레 미소 지었다.

이 녀석은 몬스터 주제에 사람이 먹는 음식을 너무 좋아한다.

"샤아아?"

"더 없냐고? 내 간식거리 전부 동내려고 작정했구나."

투덜거리면서도 저 귀여운 얼굴을 보고 있자면 도저히 먹을 걸 안 줄 수가 없다.

난 서랍 안에서 쿠키 한 박스를 꺼내 건네줬다.

"여기있다."

"샷!"

샤오샤오가 냅다 박스를 낚아채 갔다.

녀석은 고사리만 한 손으로 박스를 뜯고 쿠키를 꺼내 입에 넣었다.

"와작와작. 샤아~"

쿠키 먹으면서 저렇게 행복한 표정을 지을 수 있는 건 아마 샤오샤오가 유일할 거다.

난 그런 샤오샤오의 머리를 쓰다듬었다.

"어떻게 네가 몬스터 로드의 적통일 수가 있니. 진짜 놀랄 노 자다."

저 귀여운 얼굴 어디에서 몬스터 로드의 모습을 떠올릴 수 있겠냔 말이다.

에스테리앙 대륙에서 전해져 내려오는 전설에 따르면 몬스터 로드는 10미터의 거구에다가 머리에는 거대한 뿔이 세 개나 달렸고 온몸에 타오르는 듯한 붉은 털이 자라난 괴물 같은 형상으로 묘사되어 있다.

물론 전설이니만큼 과장된 면이 있겠지만 그게 완전히 허구일 것이라고는 생각지 않는다.

'그러고 보니 몬스터 로드라는 녀석, 어떻게 생겼는지 정말

궁금하긴 하네.'

내가 살았던 시대의 에스테리앙 대륙에서는 몬스터 로드의 존재가 천 년 전 역사 속으로 사라진 지 오래였다.

게다가 몬스터 로드와 관련된 신뢰할 만한 문서들은 어쩐 이유에서인지 전부 소실된 상태였다.

때문에 그 실체에 대해 정확히 아는 자는 아무도 없었다.

오래전부터 입에서 입으로 전해져 내려온 얘기 중에는 인간이 문명이라 할 만한 것을 이룩하기도 전, 원시의 모습으로 살아갈 때부터 몬스터 로드는 존재했었고, 그 당시 인간은 몬스터들의 노예로 살았다는 설이 있다.

그런가 하면 음유시인의 노랫말 중엔 당시의 몬스터 로드는 대륙 지배의 욕구가 전혀 없었기에 그저 몬스터들 위에 군림하기만 하며 다른 종족과는 평화를 유지해 나갔다는 대목도 있었다.

하나 확실한 건 아무것도 없었다.

그럼에도 불구하고 에스페란자 가문의 사람들은 샤오샤오가 몬스터 로드의 적통이라는 걸 알고 있었다.

그것이 가능했던 건 몬스터 로드와 관련된 모든 정보들을 기록했던 이가 에스페란자 가문의 초대 가주, 밀리막스 에스페란자였기 때문이다.

천 년 전, 인간과 몬스터 로드가 이끄는 몬스터 군단들은 종족의 사활을 건 전쟁를 벌였다고 한다.

그 대전쟁에서 몬스터 로드는 죽음을 맞았고 전쟁에서 패배한 몬스터 군단들은 뿔뿔이 흩어져 대륙 곳곳에 숨어 살게 되었다.

당시 밀리막스 에스페란자는 대전쟁에서 모든 것을 기록하는 서기, 그중에서도 서기장의 역할을 담당하고 있었다.

한데 전쟁의 말미에 문서를 보관하고 있던 서고가 몬스터의 습격으로 불타면서 모든 문서들이 소실되었다.

밀리막스 에스페란자는 다급히 문서들을 복구하려 했으나 그 방대한 양의 내용들을 다시 적어내야 한다는 것 자체가 무리한 일이었다.

게다가 승리에 도취된 인간들은 그런 것에 크게 신경 쓰지 않았다.

결국 문서들은 상당한 진실의 이가 빠진 채로 재작성되었으나, 이미 그 신뢰성을 잃어버렸다.

몇몇 서기관들이 기억을 뒤적여 어떻게든 빠진 곳을 메우려 했지만 힘든 일이었다.

그 결과 오랜 시간이 흐른 뒤, 몬스터 로드와 인간의 전쟁에 대한 기록은 찾아보기 힘들어졌고, 입에서 입으로 전해 내려오는 썰만 남게 되었다.

하지만 밀리막스 에스페란자는 사실 모든 것을 기억하고 있었다.

그에게는 한 번 본 것을 잊어버리지 않는 순간기억 능력이 존재했다.

문서의 서고가 불타 버린 것도 몬스터의 습격 때문이 아니었다.

전쟁으로 정신이 없던 와중에 밀리막스가 불을 지른 뒤, 몬스터의 습격으로 꾸민 것이다.

그의 목적은 단 하나.

몬스터 로드에 관한 모든 기록과 정보들을 독식하는 것이었다.

지금은 그가 별 볼 일 없는 서기장에 불과하지만 그 후세들은 이 정보를 독점하는 것만으로 강력한 힘을 얻게 될 것이라 믿었다.

그는 다른 사람 몰래 테이머 프로젝트라는 것을 연구하는 중이었다.

그것은 몬스터 로드의 적통인 샤오샤오의 피와 다른 여러 몬스터의 유전인자를 섞어 사람에게 주입해 강제적으로 테이머로 각성하게 만드는 실험이었다.

시간이 흐르고 확실한 문서가 없으면 중요한 사실도 모두 잊히게 마련이다.

샤오샤오가 몬스터 로드의 유일한 적통이라는 사실은 아는 사람이 극소수였다.

원체 샤오샤오의 개체수가 적은 데다가 부끄러움이 많아 숨는 데는 도가 텄으니 녀석을 발견하는 것 자체가 힘든 일이었기 때문이다.

그러나 오래전부터 테이머 프로젝트를 생각해 왔던 밀리막스는 이 샤오샤오라는 존재를 발견하는 데 성공했다.

프로젝트의 성공을 위해서는 몬스터 로드의 유전인자와 피를 구해야 하는데, 감히 그 근처에 가는 것 자체가 불가능한 일이었으니 대안을 생각했고 후손이 있지 않을까 하는 가정을 세웠다.

그의 수중엔 몬스터 로드의 피에서 얻은 샘플 유전자가 이미 존재했다.

몬스터 로드의 살을 베고 목숨을 잃었던 용사 중 한 명의 유품에서 채취한 것이었다.

하지만 어느 몬스터의 유전인자를 추출해 대조해 봐도 도통 맞지를 않았다.

그러던 어느 날, 그는 우연히 한 번도 본 적 없는 몬스터를 발견하게 되었는데, 그게 샤오샤오였다.

워낙 행동이 재빠르고 날래 샤오샤오를 포획할 수는 없었으나 그의 분비물을 가져오는 데는 성공한 밀리막스는 거기에서 마법 도구의 힘을 빌려 유전자를 채취했다.

사실 샤오샤오는 몬스터 로드와 그 생김새와 덩치 등이 너무나도 달라서 설마 적통은 아니겠지라는 생각이 팽배했다.

그런데 두 유전자의 구조를 맞춰본 결과 정확하게 일치했다.

그로 인해 샤오샤오가 몬스터 로드의 적통이라는 것을 알 수 있었다.

그렇다면 샤오샤오가 왜 몬스터 로드와 전혀 닮지 않은 모습인 데다가 부끄러움을 많이 타 백날 숨기에 바쁜가? 하는 의문이 인다.

밀리막스는 이에 대해 몬스터 로드가 후손을 무사히 지켜 내기 위해 일부러 다른 모습과 부끄러움을 많이 타는 성격으로 만든 게 아닌가 하고 짐작했다.

그의 후손이 자신의 모습과 똑 닮아 있다면 보나 마나 천적들에게 발견되는 족족 죽어나갈 것이기에, 전혀 상관없는 모습으로 만들어 버렸다는 것이 그의 주장이다.

지금 와서 생각해 보면 그의 주장은 어느 정도 들어맞는 것 같다.

샤오샤오가 몬스터 로드의 후손이라는 건 명확한 사실이다. 그러니 몬스터 로드가 샤오샤오를 그렇게 만든 데에는 종족 보존을 위해서라는 이유가 있을 것이다.

그러한 관점에서 보자면 부끄러움을 많이 타 몬스터든 사람이든 간에 다른 생명체를 보면 숨고 보는 샤오샤오의 성격도 이해가 간다.

야생에서 살아남는 최고의 방법은 싸우는 게 아니라 숨고 도망치는 것이다.

샤오샤오는 그 작은 몸뚱이 안에 엄청난 힘과 스피드를 숨겨놓고 있다.

따라서 숨는 데는 녀석을 따라갈 몬스터가 존재치 않는다.

물론 예외의 경우가 생기기도 한다.

샤오샤오가 무언가에 정신이 팔리면 적의를 드러내는 몬스터에게 도망치지 못할 수도 있다.

그래서 맞붙게 된다면?

내가 볼 때 샤오샤오가 쉽게 이겨 버린다.

이 녀석은 5레벨 몬스터도 주먹 한 방으로 가루로 만들어 버리는 놈이다.

몬스터 로드의 힘을 이어받았으니 어련할까?

그런데 이런 경우는 거의 없다.

대부분의 몬스터들이 이상하리만치 샤오샤오를 좋아한다.

처음엔 그 이유를 몰랐지만 모든 기억을 되찾아 바르반에게 들었던 모든 이야기들을 기억해 낸 지금은 알 수 있다.

샤오샤오가 몬스터 로드의 피를 이어받았기에 몬스터들이 그를 좋아한 것이다.

본능적으로 그들의 머리 위에 군림하던 자의 향취를 맡고서 절로 따르려 했던 것일 테지.

아, 이야기가 다른 곳으로 잠깐 샜다.

다시 밀리막스의 이야기로 돌아가서, 그는 샤오샤오의 유전인자를 채취함으로써 테이머 프로젝트에 비로소 박차를 가할 수 있었다.

이후부터 그는 샤오샤오를 잡는 데 전력을 기울였다.

그러던 와중, 전쟁은 인간들의 승리로 끝이 났다.

밀리막스는 몬스터 로드에 대한 정보들을 모두 태워 소실시킨 다음, 서기장으로서 책임을 통감한다며 스스로 직위를 버리고서 보통의 하급 귀족의 삶을 살아갔다.

하지만 뒤로는 순간기억 능력을 이용해서 소실된 정보들을 전부 복구시켜 저택의 지하에 보관해 두는 작업을 해나갔다.

물론 테이머 프로젝트도 계속해서 진행했다.

그 결과, 테이머 프로젝트는 완성되었고 그는 거리에 버려진 고아들을 데려다가 마루타로 삼아 이른바 '묘약'이라고 하는 몬스터들의 피와 유전인자로 만든 액체를 주입했다.

대부분의 고아들은 이 과정에서 육체의 체질이 변이될 때 닥치는 고통을 견디지 못하고 죽음을 맞았다.

그러나 딱 한 명이 살아남아 테이머로서의 능력을 각성했다.

밀리막스는 그 아이를 에스페란자 가문의 호위 기사로 삼아 자신의 아이 곁에 두고 평생토록 호위하도록 명했다.

이후로 에스페란자 가문은 자신의 후손이 태어나면 또 한 명의 테이머를 만들어 호위 기사로 삼았다.

그러던 중, 호위 기사가 에스페란자 가문을 잡아먹는 일이 발생했으니 바르반의 선대 가주였다.

그의 이름은 가로스.

그는 태어나자마자 길거리에 버려져 성도 없는 고아 출신의 소년이었다.

가로스는 열 살이 되던 해 에스페란자 가문에 잡혀가 묘약을 강제로 주입당했고 무사히 살아남아 테이머가 되었다.

그리고 전대의 테이머들이 그랬듯 가문의 호위 기사로 살아야 하는 운명의 길을 밟아나갔다.

하지만 가로스는 탐욕이 많은 사람이었다.

그는 18살이 되던 날, 테이머로 거듭나는 고통 속에 잊어버렸던 모든 기억을 되찾았고 에스페란자 일가를 모두 살해했다.

이후 이를 사고로 둔갑시킨 뒤, 가주의 유언장을 조작해 세상에 공개했다.

유언장에는 에스페란자 가문이 화를 입을 시, 가장 신임할 만한 자에게 모든 권한을 넘긴다는 내용의 글이 적혀 있었다.

가문의 핏줄이 전부 끊겨 버린 상황에서 모두가 신임할 만한 사람이라고는 가로스밖에 없었다.

물론 에스페란자 가문의 몰살과 때맞춰 나타난 유언장은 세상의 의심을 살 만했지만, 가로스는 이미 도시의 힘 있는 관리들을 돈으로 구워삶아 놓은 이후였다.

따라서 큰 곡절 없이 가로스는 에스페란자 가문의 모든 것을 이어받아 가로스 에스페란자로 거듭났다.

이후 그는 바르반을 데려와 후대 에스페란자 가주로 삼았고, 그 이후의 적임자로 선택된 것이 바로 나였다.

가문의 영원을 바랐던 밀리막스의 욕심으로 시작되었던 일들은 결국 엉뚱한 핏줄의 부귀영화를 가져다주었다. 하지만 그 역시 끝이 좋지 못했다.

바르반에게 겁간을 당했던 아르마가 되돌아와 피의 참극을 벌였으니 말이다.

아무튼 이것이 에스페란자 가문에 있었던 역사의 전말이다.

기억을 되찾음으로써 나는 여태껏 비밀에 싸여 있던 모든 것을 알게 되었다.

아울러 몬스터 로드의 후손이 샤오샤오라는 것도.

"와작와작 꿀꺽꿀꺽! 샤아~! 샤앗?(더 없어?)"

"더 있지."

우리 복덩이 샤오샤오.

많이 먹어라.

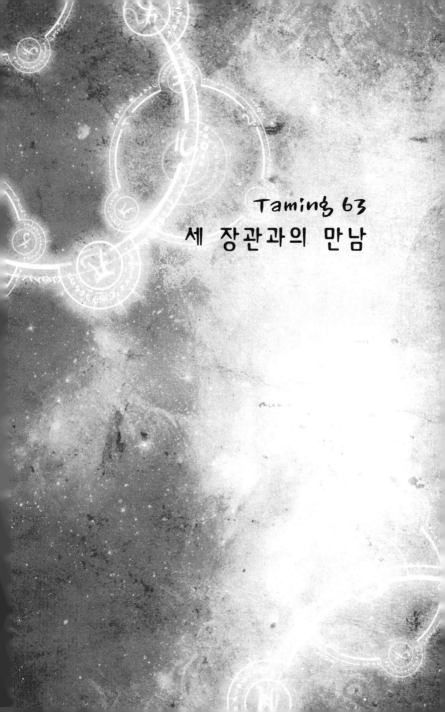

Taming 63
세 장관과의 만남

다시 한 달이 흘렀다.

요즘 난 방에 혼자 있을 때 샤오샤오를 소환하는 일이 잦았다.

그리고 뭘 하냐고?

그냥 과자 먹는 걸 지켜보면서 이런저런 생각에 빠져든다.

바로 지금처럼.

그동안 난 몬스터에게서 얻게 되는 모든 코어를 샤오샤오에게 주었다.

샤오샤오가 몬스터 로드의 적통이라는 것을 안 이상 다른 몬스터들을 성장시켜야 할 이유가 없어졌다.

샤오샤오만 완벽하게 성장시키면 게임은 끝난다.

물론 불안 요소는 있다.

대체 샤오샤오가 얼마나 많은 코어를 먹어야 완전체의 모습으로 성장하는 건지에 대해서 아무런 정보가 없다.

바르반은 샤오샤오의 정체에 대해서만 얘기했을 뿐, 녀석의 성장에 관한 건 전혀 알려주지 않았다.

그럴 틈이 없었다고 하는 게 더 맞겠다.

내가 능력을 각성하기도 전에 바르반은 아르마에게 죽임을 당했으니까.

테이머로서 각성한 건 에스페란자 가문이 아르마에게 멸문당한 뒤의 일이다.

겨우 목숨만 부지해 대륙을 떠돌던 4년 동안 난 대륙 최강의 테이머로 성장해 테이머 마스터의 칭호까지 얻었다.

난 그게 전부 내가 테이머로서 천부적인 능력을 가지고 태어났기에 가능한 것이라 생각했다.

알다시피 실상은 내 예상과 달랐다.

내 천재적인 재능은 전부 바르반의 실험으로 얻게 된 것이었다.

그런데 여기서 한 가지 의문이 생긴다.

바르반은 왜 내 앞에서 테이머로서의 힘을 한 번도 사용하지 않았으며, 나를 테이머로 일찍 각성시키려 하지 않았던 것일까?

내 멋대로 추측해 보건대 그럴 필요가 없었기 때문이 아닐까 싶다.

묘약을 복용한 뒤, 테이머의 능력을 각성하는 데 필요한 건 주변의 환경이 아니라 충분한 시간인 듯하다.

봄에 피는 꽃이 누군가 겨울에 피기를 바란다고 해서 개화하지 않는 것과 같은 이치다.

바르반이 아무리 내게 테이머의 힘에 대해 설명하고 능력을 각성하라 재촉했어도 때가 되지 않은 이상 그 힘은 개방되지 않았을 것이다.

이를 미리 알고 있었던 바르반이기에 쓸데없는 에너지 낭비는 하지 않았겠지.

그는 그런 사람이다.

무조건 효율적인 것을 추구한다.

조금이라도 효율적이지 못하다 싶으면 절대 하지 않는다.

이런, 또 생각이 따른 곳으로 샜다.

지금은 그런 것보다 샤오샤오가 언제 완전체의 모습으로 성장하는지가 문제다.

한 달간 코어를 독식했음에도 불구하고 이 녀석은 3성으로 성장하지 않았다.

이쯤 되니 코어는 샤오샤오의 성장과 무관한 게 아닌가 싶은 의심이 든다.

그렇지만 2성으로 성장이 가능했던 건 코어를 먹었기 때문이다.

"와작~ 와작~ 꿀꺽! 샤샷?"

"이제 없어. 방금 네가 마지막 한 봉지까지 탈탈 털어 먹었다."

"샤아아아."

"하아, 나도 너처럼 과자 한 봉지 더 먹는 게 지상 최대의 고민이었으면 좋겠다. 나 지금 너 때문에 머리가 터질 지경이거든."

"샤아?"

"네가 도통 성장을 하지 않으니까 그런 거 아니냐."

"샤아아? 샤아… 샤!"

내 말에 고개를 갸웃거리고서 뭔가를 고민하던 샤오샤오가 크게 고개를 끄덕였다.

녀석은 눈을 살포시 감고 몸을 파르르 떨었다.

몸을 가득 덮고 있는 부드러운 갈색 털이 물결처럼 너울거렸다.

"너 뭐 하는 거야?"

이놈이 뭘 하려는 건지 영문을 알 수가 없었다.

그런데 다음 순간.

"어?"

샤오샤오의 털이 배 부분의 하얀색을 제외하고 전부 연두색으로 변했다.

"갑자기 뭘 한 거야?"

샤오샤오 이 녀석은 늘 예측 불가의 행동만 해왔다. 이번에도 마찬가지였다. 갑자기 털색이 왜 변해 버린 건지 모를 노릇이었다.

샤오샤오의 몸에서 떨림이 멎었다.

녀석은 상쾌해진 얼굴로 양팔을 쫙 펴고 기지개를 켰다.

"샤아아~"

"샤오샤오, 이게 무슨 상황인지 설명 좀 해봐."

"샤아~ 샤샷. 샤샤샤."

"3성으로 성장한 거라고?"

"샷."

"아니, 코어도 먹지 않았는데, 그게 어떻게 네 맘대로 가능해?"

샤오샤오의 설명은 이랬다.

녀석은 여태껏 먹었던 코어의 힘을 성장에 사용하지 않고 비축해 두었다고 한다.

그게 가능하다는 것은 샤오샤오도 2성으로 성장한 이후에 알았단다.

그렇게 비축해 두었던 코어의 힘은 몬스터들과 싸울 때 가끔씩 터뜨려 강력한 위력을 발휘하거나 또 다른 용도로 사용했다.

물론 코어의 힘은 그저 거들 뿐, 기본적으로 샤오샤오 이 녀석 자체의 힘과 스피드가 어마어마해서 그렇게 많은 양을 소모하진 않았던 모양이다.

중요한 건 또 다른 용도라는 항목이다.

바로, 다른 몬스터들을 강제 성장시킬 때다.

일전에 샤오샤오는 시크냥을 최종 진화 형태로 성장시켜 버린 적이 있었다.

그때는 제법 많은 코어의 힘이 소모된다고 한다.

샤오샤오는 또다시 그럴 일이 있을까 싶어서 코어를 아껴놨었다.

그러다가 지금 내 말을 듣고 모아둔 코어의 힘은 반 정도를 소모해 3성으로 거듭난 것이다.

"무슨 소도 아니고 코어의 힘을 저장하는 게 어떻게 가능한 거야?"

"샤아."

샤오샤오가 고개를 절레절레 저었다.

자기도 그런 건 모른단다.

아무튼 알면 알수록 상식을 벗어나는 녀석이다. 누가 몬스터 로드의 적통 아니랄까 봐 매번 날 놀라게 한다.

"근데 넌 어째 성장을 해도 털 색깔만 변하냐?"

"샤샷!"

내가 심드렁하게 말하자 샤오샤오가 눈에 힘을 빡! 주더니 양손을 허리에 얹고 고개를 저었다.

"샤샤샷! 샷!"

"육체 능력도 훨씬 강해졌다고?"

"샤아~!"

"그래그래. 내가 실수했다. 근데 말야. 전설 속에 전해져 내려오는 몬스터 로드의 모습은 어마어마하게… 그 뭐랄까… 위압적? 아무튼 귀여움으로 도배된 너랑은 정반대거든. 나중에 너도 궁극의 성장을 마치게 되면 그런 모습으로 변하는 거냐? 지금으로서는 절대 그렇게 되지는 않을 것 같은데."

"샤아아."

"그것도 모르는구나."

만약 에스테리앙 대륙의 모든 샤오샤오가 몬스터 로드로 성장하게 된다면 그 순간 인간들은 멸망한다.

몬스터 로드 하나를 잡는 데만도 전 왕국이 힘을 합쳐 인류의 반 이상이 희생되고 나서야 겨우 쓰러뜨렸다.

그런 몬스터 로드가 여럿이라니 생각만 해도 끔찍한 일이다.

'하지만 그럴 일은 없겠지?'

하늘 아래 태양이 두 개일 수는 없는 법.

인간이든 곤충이든 한 울타리 안에 두 명의 왕이 탄생하지는 않는다.

아마 샤오샤오들 간의 어떠한 경쟁을 통해 나머지는 도태되고 한 마리만 몬스터 로드로서 각성하는 게 아닌가 싶다.

물론 순전히 내 추론일 뿐이다.

이제 떠나와 버린 그 거지 같은 세상, 망하거나 말거나 내 알 바 아니다.

아니, 지금 그 세계에서 어떤 거지 같은 인간이 일을 저질 러 지구에 던전이나 필드 따위가 열리는 것이니까 차라리 망 해 버리는 게 더 낫겠다.

그리고 이런 악행을 하는 장본인은 자이렉스일 가능성이 높다.

그냥 확 죽어버렸으면 좋겠다.

그래서 필드가 닫히면 난 여기서 장관들 구워삶아 정부 놈 들 다 쓸어버리고서 편하게 지낼 수 있을 텐데.

"그러고 보니 이제 슬슬 심현세한테 연락 올 때가 됐는데?"

심현세는 나와 약속을 했다.

정화수를 한 달에 한 번씩 넘겨받는 조건으로 다른 장관들 과의 친분을 쌓을 수 있도록 도와주겠다고.

한 달을 주기로 나는 장관들과의 거리가 조금씩 더 좁혀져 야 한다.

만약 친밀감이 올라가지 않거나 오히려 하락한다면 그는 정 화수를 받을 수 없다.

따라서 벌써 내게 연락을 취해 다른 장관들과의 자리를 마 련했어야 한다.

그런데 그러지 않았다.

"이제 딸을 포기하겠다는 건가?"

내가 고민하고 있을 때 전화가 왔다. 스마트폰 액정에 찍힌 발신자는 심현세였다.

"그러면 그렇지."

심현세는 악질이긴 해도 핏줄에겐 더할 나위 없이 자상한 아빠다. 딸을 그렇게 쉽게 포기할 리 없었다.

"늦었네요."

전화를 받자마자 내가 던진 말이다.

스마트폰 너머에서는 쩔쩔매는 심현세의 음성이 들려왔다.

─미안해. 다른 장관들 구워삶느라고 시간이 좀 걸렸어.

"그런데 이상하네. 요새 정부 소속 비욘더들 중에서는 내가 가장 핫하지 않나? 춘천에서 열리는 거의 모든 필드를 내가 독식하고 있다구요. 정부 입장에서 영웅으로 추대해서 이용해 먹으려고 들면 가장 구미가 당기는 게 나잖아요. 당신이 자리 주선해 준다고 하면 바로 달려들어야 하는 거 아닙니까?"

─정부 쪽 사람들이 원래 그래. 갑작스러운 호의에는 의심부터 하게 마련이야. 그래서 서두르지 않고 적당한 때를 보아 자리를 만든 거니까 너무 뭐라 그러지 마라.

"뭐라고 꼬드겼는데요?"

─그건 알 필요 없고 그냥 나와. 들어봤자 속만 뒤집어져.

말 안 해도 뻔히 알겠다.

"알았어요. 몇 시에 어디서 만나요?"

—아홉 시까지 용산에 있는 이치마루로 와.

"이치마루? 일식집인가?"

—그래. 용산에 가장 유명한 일식당이다. 역 근처에 있으니까 찾기 쉬울 거야.

"알겠어요. 거기로 갈게요."

통화를 끝내고 시간을 확인하니 오후 여섯 시. 아직 여유가 조금 있었다.

난 남은 시간 동안 장관들을 앞으로 어떻게 구워삶을까 생각하며 시시덕거렸다.

＊　　　　＊　　　　＊

"오래간만이야, 미러클 테이머."

이치마루에 도착해 안내된 방으로 들어서자마자 안면이 있는 정대영이 인사를 건넸다.

"안녕하셨습니까, 국방부 장관님."

"어서 여기 앉아."

심현세가 비어 있는 자신의 옆자리 방석을 탁탁 쳤다.

정대영과 오늘 처음 본 법무부 장관 윤진화는 나란히 앉아 있었다.

난 심현세의 옆에 앉아 오늘 처음 마주한 윤진화를 바라봤다.

역시나 나이 지긋한 아줌마치고 대단한 미모였다.

몸매도 좋았다. 타이트한 검은 정장을 걸쳤는데 옷맵시가 대단했다. 들어갈 곳은 들어가고 나올 곳은 확실히 나왔다. 어지간한 동년배 연예인은 명함도 못 내밀 만큼 몸매 관리를 아주 잘했다.

그 때문에 항간에서는 그녀가 미모로 여왕의 좌에 앉았다는 말도 나돌았다.

윤진화의 입술이 아름다운 호를 그리며 열렸다. 그 안에서 차분하고 듣기 좋은 음성이 흘러나왔다.

"만나 뵙게 돼서 반가워요. 윤진화예요."

그녀가 손을 내밀어 악수를 청했다. 난 그 손을 마주 잡았다.

"루아진입니다."

"실제로 보니 정말 미남이네요."

"장관님도 예쁘십니다. 외모로는 어디서 빠지지 않겠네요."

"예쁘다는 말은 여자 나이 마흔이 넘어가도 참 듣기 좋은 것 같아요."

"그렇습니까?"

난 농을 던지며 윤진화를 자세히 살폈다.

일단 겉모습이나 행동거지를 봐서는 장관들 중 가장 정상인다웠다.

하지만 또 모른다.

저 웃음과 고상한 말투 뒤에 어떠한 모습이 숨어 있을지.

"그런데 어떻게 했길래 우리 심 장관의 마음을 그렇게 흔들어놓은 거야? 나랑 같이 한번 자리를 하자고 생떼를 쓰더구만. 하하하!"

정대영이 크게 웃었다.

그러자 심현세가 미간을 구겼다.

"내가 또 언제 생떼를 썼나? 그냥 한번 만나보면 좋을 거라고 얘기했지."

"그러게 말이에요. 정 장관님은 늘 오버가 심하시네."

"내가 또 오버한 거야? 에이, 늙어서 주책이네."

그들은 서로 농을 주고받으며 즐거워했다.

그러나 저 모습에 속지 말아야 한다. 지금 오간 대화도 액면 그대로 받아들여선 안 된다.

정부 놈들은, 특히 가장 윗대가리에 앉아 있는 저 셋은 숨쉬는 것까지 거짓말인 족속들이다.

"아무튼 오늘은 무슨 용건이 있어서 모인 게 아니라 그냥 얼굴 보고 맛있는 거 먹으면서 즐기자고 마련한 자리인 것 같으니까 편하게 하자고, 다들."

정대영이 자리를 주도했다.

심현세와 윤진화가 그에 동의하며 이런저런 가벼운 얘기들을 툭툭 던지며 안주와 술을 즐겼다.

나도 덩달아 안주를 집어 먹고 따라주는 술을 받아 마시며 이들이 만들어주는 분위기에 끼어들었다.

어느 정도 흥이 오르고 상 위의 푸짐했던 안주가 전부 사라져 갈 때쯤, 종업원이 새 안주를 서빙했다.

그런데 그때 여태껏 나긋나긋하던 윤진화의 눈동자가 갑자기 바뀌었다.

동시에 그녀에게서 느껴지던 기도가 변화했다.

이어 그녀가 허공에다 젓가락질을 했다.

탁!

그녀의 젓가락 사이에 무언가가 잡혔다. 날파리였다. 종업원이 문을 열고 들어올 때 같이 들어온 모양이다.

"어머, 날파리네?"

윤진화의 한마디에 여종업원이 경직되었다.

여종업원은 그대로 무릎을 꿇더니 바닥에 머리를 조아렸다.

"죄, 죄송합니다! 관리를 철저히 했는데 어디서 날파리가 숨어 들어왔는지……."

"됐으니까 나가봐요."

"…네?"

여종업원은 자신이 잘못 들은 듯 놀라 되물었다.

"나가보라구요."

"감사합니다! 다음부터는 절대 이런 일 없게 하겠습니다!"

무슨 큰 은혜를 받은 양 두 번 세 번 절을 한 여종업원이 얼른 일어나 조심스레 방을 나서며 등을 보였다.

순간 윤진화의 눈에 살기가 어렸고.

"아, 근데 이 젓가락은 가져가야지? 날파리를 잡아서 사용 못 하게 됐잖아."

그녀의 손에 들려 있던 젓가락이 총알처럼 날아갔다.

쐐애애애액! 퍼억!

"꺅!"

총알은 그대로 여종업원의 등에 꽂혔다.

'피지컬 비온데!'

여종업원은 단말마의 비명과 함께 쓰러져 기절했다.

그러자 다른 종업원들이 후다닥 달려와 얼른 여종업원을 옆으로 치우고 바닥의 피를 닦았다.

이를 본 윤진화가 입꼬리를 말아 올렸다.

"흐음~ 피 냄새 좋네. 아, 우리 어디까지 얘기했었죠?"

그녀가 나를 보며 물었다.

별거 아닌 사람의 등에 별것도 아닌 이유로 바람구멍을 뚫어놓고 태평할 수 있다니.

'쓰레기였군.'

역시 지금까지 내게 보여줬던 그녀의 모습은 다 가식이었다.

그리고 방금 저지른 짓은 기세로 날 짓밟아보겠다는 선전

포고다.

하지만 난 눈 하나 깜빡하지 않았다. 아니, 그럴 수가 없었다. 에스테리앙 대륙에서는 전쟁에 나갈 때마다 사람 모가지를 수도 없이 베어 넘겼던 나다.

대립하는 귀족 가문의 장군들을 잡아 원하는 정보를 얻기 위해 잔인한 고문도 해봤다.

고작 사람 등에 젓가락 꽂은 게 뭐 대수라고 놀라겠는가.

그러나 이런 내 사정을 모르는 윤진화를 비롯한 세 장관은 아닌 척하며 내 반응을 은근히 살피는 눈치였다.

사실 난 잃어버린 기억을 되찾고 샤오샤오의 정체를 깨닫게 된 이후, 녀석에 대해 고심하던 와중 세 장관을 구워삶을 기막힌 작전이 떠올랐다.

이 작전을 행동에 옮기는 건 더 나중으로 미룰 생각이었다.

장관이라는 작자들의 성향을 충분히 파악한 다음 터뜨려야 실수가 없을 테니 말이다.

그런데 고작 이 정도밖에 안 되는 인간들이라면 얘기가 다르다.

당장 실행해도 문제가 없겠다.

지구의 정치인 놈들은 에스테리앙의 귀족들보다 한참 무르고 어설프다.

난 자리에서 벌떡 일어나 문 밖으로 나섰다.

"응? 아진아, 어디 가냐? 혹시 여태 쑤셔 넣은 비싼 안주 뱉어내려 가는 거 아니지?"

정대영이 시시덕거렸다.

그걸 윤진화가 이어받았다.

"아무리 몬스터를 많이 잡았어도 사람이 죽어 넘어지는 건 충격적일 수 있죠. 놔둬요."

이것들이 북 치고 장구 치고 난리가 났다.

난 문 옆에 짐짝처럼 치워져 있는 여종업원에게 다가갔다.

여종업원의 몸은 상처에서 솟구친 피로 범벅이 되어 있었다.

이대로 더 두다가는 정말로 죽을 판이었다.

내가 화장실에 가지 않고 있으니 세 장관들이 무얼 하나 궁금해서 문 밖으로 고개를 쭉 뺐다.

난 여종업원의 옷을 북 찢었다.

그녀의 하얀 나신이 그대로 드러났다.

"어머나, 지금 뭐하는 거죠? 그런 취미가 있는 줄은 몰랐는데."

윤진화가 놀랐다는 듯 손으로 입을 가렸다. 그러나 눈은 웃고 있었다.

예상 밖의 행동에 호기심이 동하는 모양이었다.

이 변태 아줌마야, 나 그렇게 파렴치한 아니거든.

난 여종업원의 등에 박힌 젓가락을 뽑아냄과 동시에 포션을 꺼내 피가 꿀럭거리며 흘러나오는 상처 안에 들이부었다.

그러자 상처가 빠르게 아물었다.

하지만 피를 많이 흘려 상태가 좋지 않았다.

다시 포션 하나를 더 꺼내서 그녀에게 먹였다.

그제야 창백했던 얼굴에 겨우 핏기가 돌기 시작했다.

"이분, 어서 병원으로 옮기세요."

다른 종업원들에게 그리 부탁하고 나서야 다시 자리로 돌아왔다.

내 손에는 여종업원의 등에서 뽑아낸 젓가락 한 벌이 들려있었다.

"이야~ 이제 보니까 너 아주 인정이 대단한 놈이구나?"

정대영이 감탄했다.

하지만 그것은 대놓고 나를 조롱하는 것이었다.

비열하거나 독하지 않은 인간들은 그들의 입장에서 잡아먹기 쉬운 먹잇감에 불과하다.

아직까지도 나를 힘은 있으나 머리는 자라지 않은 애송이로 보고 있다.

내가 자리에 앉아 방문을 닫으려 하자 윤진화가 손을 들어저지했다.

"기다려요. 아직 새 젓가락이 안 왔어요."

난 내 젓가락을 윤진화에게 건넸다.

"국이랑 죽은 숟가락으로 떠먹었고 초밥은 손으로 집어 먹었어요. 깨끗합니다."

"아, 괜찮아요. 호의는 고맙지는 저는 이런 걸 별로 좋아하지 않아서. 그냥 새걸로……."

"받으세요."

거의 반강제로 내 젓가락을 윤진화의 앞에 내려놓고 난 여종업원의 피가 묻은 젓가락을 들었다.

그것으로 방금 전 여종업원이 내온 회 한 점을 집어 간장에 찍고서 입에 넣어 씹었다.

이를 지켜보던 장관들의 입이 약속이라도 한 듯 동시에 벌어졌다.

"회가 싱싱하니 좋네요."

"지금… 뭐하는 거죠?"

윤진화가 어이없다는 듯 물었다.

"회 먹잖아요."

대답을 하며 내 잔에 술을 따라 그대로 입에 털어 넣었다.

"크. 비싼 술이라 물처럼 잘 넘어가네요."

난 다시 피 묻은 젓가락으로 회를 집어 먹었다.

그 모습을 가만히 지켜보던 정대영이 갑자기 박장대소했다.

"푸하하하하하하하! 으하하하하! 으하! 으하하하하하하하하! 이거 정말 물건이네! 물건이야!"

한참을 웃다가 갑자기 뚝 그친 정대영은 재미있다는 시선을 내게 던졌다.

"내가 너를 조금 잘못 본 것 같다. 첫날 만났을 때는 천지 분간 못 하고 설치는 천둥벌거숭이인 줄 알았는데, 그게 아니야. 완전히 미친놈이야, 미친놈."

"칭찬으로 듣겠습니다. 식사들 계속하시죠?"

"그래야지. 다들 다시 흥을 이어가자고."

정대영이 내 말에 동조했다.

하지만 윤진화는 고개를 젓더니 젓가락을 상 위에 탁 내려 놨다.

"저는 입맛이 떨어져서 그만 먹어야겠네요."

"하여튼 비위 약한 건 알아줘야 한다니까. 거, 그래서 장관 직 계속 해먹겠어? 이 자리 까탈스럽게 굴면 오래 못 가."

"이 자리에서 내려오느냐 마느냐 하는 건 내가 정해요. 누가 날 멋대로 끌어내리겠어요?"

정대영의 말을 윤진화가 자신만만하게 받아쳤다.

정대영이 어깨를 으쓱하고서 모두의 잔에 술을 돌렸다.

그러더니 은근한 어조로 내게 말했다.

"어이, 아진아. 너 열심히 올라와라. 계속해서 강해지고 계속해서 깡다구 키워서 우리랑 쭉 같이 보면 재미있겠다."

"안 그래도 그럴 생각입니다."

"당돌한 놈."

"사실 이 자리 제가 심 장관님한테 부탁해서 만들어진 자린니다."

"뭐야?"

정대영과 윤진화가 동시에 심현세를 쳐다봤다.

"허험!"

심현세는 어색하게 헛기침을 하며 그들의 눈총을 회피했다.

"그럼 우리가 두 사람의 농간에 놀아난 건가요? 썩 유쾌하지 않은 상황이네요."

윤진화가 쌍심지를 켰다.

그러거나 말거나 나는 열심히 회를 집어 먹으며 여유롭게 대꾸했다.

"들어보세요. 제가 여러분께 뭔가 바라는 게 있어서 이런 자리를 만들어달라 했던 게 아닙니다."

"바라는 게 없다? 그럼 왜? 무엇 때문에 우리를 만나려 한 거죠? 굳이 그쪽에서 서두르지 않아도 언젠가는 만나게 됐을 텐데."

"그렇지. 우리도 그렇고 다른 의원들도 전부 너에게 눈독 들이고 있는 상황이니까."

자, 이제 분위기를 내 쪽으로 완전히 가져와야 할 시점이다.

난 수저를 내려놓고 술로 입을 헹궜다.

그리고 지금까지와 달리 진지한 태도로 입을 열었다.

"장관님들. 지금 앉아 계신 그 자리가 영원할 거라 생각합니까?"

"……."

"……."

"……."

다들 꿀 먹은 벙어리마냥 아무런 말이 없었다.

내가 대체 무슨 말을 하려는 건지 짐작도 가지 않는다는 얼굴들이었다.

"장관님들도 사람입니다. 아무리 뛰고 나는 재주 있어도 흐르는 세월은 막지 못해요. 장관님들도 늙는단 말입니다."

"무슨 말이 하고 싶은 거야?"

정대영이 언짢은 기색을 내비쳤다.

윤진화는 말을 아끼며 나를 신중하게 살폈다.

어떻게든 날 잡아보려 드는 두 사람과 달리 심현세는 이미 내 기운에 눌려 불안한 기색을 감추기 위해 애쓰는 중이었다.

"늙고 병들어 죽어버리면 뭐가 남습니까? 아, 후손들에게 자리를 물려주겠다? 과연 뜻대로 그렇게 잘될까요? 높은 자리에 앉아 있을수록 발목을 잡아끄는 손이 많아지는 법입니다."

"그러니까 하고 싶은 말이 뭐냐고!"

정대영이 버럭 소리쳤다.

저렇게 흥분을 해주면 나는 환영이다.

평정심이 무너져야 내 뜻대로 판을 흔들기가 좋아지니까.

"영생을 얻고 싶지 않으세요?"

"…뭐?"

너무나 허무맹랑한 말이 튀어나오자 정대영은 맥이 탁 풀리는 모양이었다. 그건 윤진화와 심현세도 마찬가지일 것이다.

하나같이 멍한 시선으로 날 바라보고 있었으니까.

"내가 여러분의 젊음을 되찾아주겠습니다. 시간의 흐름을 역행할 수만 있다면 두려울 게 뭐가 있을까요? 당신들은 계속해서 왕좌에 앉아 이 나라를 마음대로 주무를 수 있을 겁니다."

"과연 그럴까? 혹여라도 사람들이 우리를 괴물이라 부른다면……."

심현세가 이견을 제시했다.

그러자 윤진화는 그에게 무서운 눈초리를 보냈고 정대영은 탁자를 탕! 쳤다.

"심 장관! 지금 저 말도 안 되는 얘기를 믿는 거야? 왜 이렇게 얼이 빠져 있어? 아니면 이것도 사전에 두 사람이 짜고 바람 잡는 거야, 뭐야?"

"정 장관님. 일단 고정하시고. 나는 심 장관님한테 이 자리만 만들어달라 부탁했지, 그 이상의 것을 바란 적은 없습니다. 그리고 내가 말도 안 되는 얘기나 지껄이자고 여기 나왔을까요? 그렇게 실없는 인간 아닙니다. 마지막으로 심 장관님의 물음에 대답해 줄게요. 영원불멸의 육신을 가졌다고 사람들이 괴물로 보면 어쩌냐? 과연 그럴까요? 내 생각에는 세 분을 결국 신으로 추앙할 것 같은데?"

"……."

또다시 침묵이 내려앉았다.

그들의 머릿속에서는 지금 갖가지 생각이 복잡하게 치고 올라와 뒤섞이고 있을 터.

흐름이 끊어져서는 안 된다.

난 계속해서 얘기했다.

"못 믿겠다면 증거를 보여 드리죠. 소환, 샤오샤오."

이제 장관들을 혹하게 만들 대사기극의 클라이스맥스가 펼쳐진다.

"샤앗?"

내 부름에 샤오샤오가 나타났다.

장관들은 갑자기 나타난 귀여운 외모의 샤오샤오에게 일순 시선을 빼앗겼다.

샤오샤오는 세 사람의 시선이 부끄러워 후다닥 내 뒤로 숨어들었다.

"그 몬스터는 뭐야?"

"샤오샤오라는 이름의 제 펫입니다."

"샤오샤오? 들어본 적도 없는 녀석인데. 겁만 잔뜩 들어 있는 데다 덩치도 조그만 것이 잘 봐줘야 2레벨 몬스터 정도 되어 보이는구만."

정대영이 대놓고 샤오샤오를 무시했다.

"몬스터를 겉만 보고 판단했다가 모가지 날아가는 비운더 여럿 보셨을 텐데요."

"뭐, 인마?"

"샤오샤오는 여러분께 젊음을 되찾게 해줄 소중한 몬스터입니다."

"아진아. 조금 전까지는 귀여웠는데 이제 슬슬 화가 나려고 한다. 돌이킬 수 없는 실수 하지 마라."

"돌이킬 수 없는 실수는 당신이 하고 있는 것 같은데요?"

"다, 당신?"

"내 말을 듣지 않으면 영생의 기회를 날려 버리는 것일 테니. 말로 백번 떠들어봤자 입만 아프지. 소환, 시크냥."

내 펫들 중 궁극 성장을 하지 않았으면서도 좁은 공간에서 소환하기에 가장 적당한 시크냥을 불렀다.

빛과 함께 시크냥이 소환되어 내 앞에 나타났다.

"냐우."

시크냥은 도도하게 울고서 내 머리 위로 올라와 앉았다.

"샤오샤오. 강제 성장 시켜."

"샤아?"

"괜찮아. 어서."

샤오샤오가 고개를 끄덕이고서는 시크냥에게 코어의 힘을 흘려보냈다.

그러자 시크냥이 순식간에 7성으로 성장했다.

시크냥은 자주는 아니지만 가끔씩 던전과 필드에서 나타나는 몬스터로 그 성장의 형태에 대해서는 비욘더 길드 내에서 파악이 완료된 상황이다.

때문에 장관들도 시크냥이 단숨에 궁극 성장을 했다는 걸 알 수 있었다.

"보셨습니까? 샤오샤오는 다른 생명체를 강제로 성장시킵니다. 몬스터가 성장을 하기 위해 필요한 건 뭡니까? 다른 몬스터의 생명 에너지입니다. 샤오샤오는 다른 생명체에게 생명 에너지를 줄 수 있는 희귀한 몬스터입니다. 유일하게 저만 가지고 있는 몬스터이기도 하구요."

"……."

도저히 믿기 힘든 상황을 직접 두 눈으로 목격한 장관들은 또다시 벙어리 코스프레를 하기 시작했다.

"봉인, 샤오샤오, 시크냥."

난 시크냥의 궁극 성장 상태가 풀려 버리기 전에 아공간으로 돌려보냈다.

그리고 당당하게 허풍을 쳤다.

"다들 아시겠지만 제가 길들인 펫들은 몇 마리를 제외하고는 전부 궁극 성장의 형태를 하고 있습니다. 그게 어떻게 가능했을까요? 무조건 같은 종의 몬스터를 먹어서? 아니요, 샤오샤오의 도움이 컸습니다. 자, 그럼 샤오샤오가 장관님들께 생명의 힘을 나눠준다면 어떻게 되겠습니까?"

꿀꺽!

정대영의 목에서 침 넘어가는 소리가 크게 울렸다.

윤진화는 이것저것 묻고 싶은 것들을 간신히 참는 듯했다.

정화수라는 기적의 물을 체험한 심현세는 이미 초롱초롱한 눈으로 날 바라보고 있었다.

셋 다 미끼를 물었다.

"장관님들. 저는 장관님들을 도와주기 위해 이 자리에 온 겁니다. 앞으로 스스럼없는 벗처럼 친하게 지낼 수 있었으면 합니다."

눈치 하나는 빠삭한 장관들이 그게 무슨 뜻인지 알아듣지 못했을 리 없다.

한동안 침묵을 지키던 세 명의 장관 중 정대영이 불쑥 내게 손을 내밀었다.

"앞으로 잘 부탁하네, 아진 군. 우리 같이 좋은 미래를 도모해 보세나."

당장 정대영의 말투부터 달라졌다.

그의 입에는 온화한 미소가 걸렸다.

겉보기엔 내 뜻을 들어주겠다는 제스처 같지만 천만에!

속으로는 딴생각을 품고 있을 것이다.

난 그가 내민 손을 마주 잡고 미소 지으며 속으로 생각했다.

'단물만 빼먹고 버릴 생각이겠지만, 정신 차려보면 털려 있는 건 너희 쪽일 거다.'

Taming 64
샤오샤오 VS 샤오샤오

　세 장관은 이후로 가벼운 대화만 나누다가 한 시간쯤이 더 흐르고 나서 하나둘 일어섰다.

　윤진화가 가장 먼저, 정대영이 그다음으로 방을 나갔다.

　심현세는 나와 단둘이 남게 되자 기다렸다는 듯 손을 내밀었다.

　"이 정도면 할 만큼 했지?"

　"충분히."

　난 아공간에서 정화수 한 병을 꺼내 그에게 건넸다.

　정화수를 넘겨받은 심현세의 표정이 눈에 띄게 밝아졌다.

　"하하, 이게이게 아주 영험하단 말이야. 우리 가족한테는 이게 성수다, 성수."

"딸이 많이 좋아지셨나 봐요."

"뭐 그렇다기보다는 증상이 더 악화되지 않고 조금씩 조금씩 나아지고 있다 하더군."

내가 딱 원했던 진행 상황이다.

하지만 생각보다 일이 빠르게 풀려 버린 바람에 이렇게까지 질질 끌지 않아도 될 것 같았다.

정부가 나쁜 놈들 소굴이라는 걸 국민들에게 알리고 나면, 정화수는 일괄로 심현세에게 넘길 것이다.

명예, 권력, 돈, 모든 것을 잃게 될 판인데 딸 건강이라도 구하게 해줘야지.

"근데… 정말인가?"

"뭐가요?"

"젊음을 되찾을 수 있다는 말."

"정확히는 영생을 얻게 해주겠다는 말입니다만."

"다른 장관들 구워삶으려고 허풍 친 게 아니고?"

"난 같은 얘기 두 번 세 번 반복하는 거 별로 안 좋아해요. 믿으려면 믿고, 믿기 싫으면 믿지 마세요. 됐죠?"

"끄응. 알았다."

"아니, 조금 전까지는 가장 믿는 얼굴로 경청하더니 이제 와서 또 의심병 도지셨어요? 정화수까지 겪어본 양반이?"

내가 좀 쏘아붙이자 심현세의 미간이 확 구겨졌다. 자존심이 상하는 모양이다. 그러나 그는 내게 뭐라 대꾸할 수 없었다. 이미 나는 그의 머리 위에서 놀고 있었다.

이런 상황에서 심현세가 할 수 있는 건.

"그만 가볼 테니, 더 먹다 가든지 알아서 해."

불편한 자리를 피하는 것이다.

"들어가세요."

심현세까지 나간 뒤, 나는 홀로 남은 안주를 더 먹어치우고는 밖으로 나왔다.

그런데.

"응?"

가게의 종업원들이 우르르 몰려나와 내 앞에 서서 머리를 조아렸다.

"뭐하시는 겁니까?"

영문을 몰라 물으니 내 바로 앞에 서 있던 남종업원이 고개를 들었다. 흰머리가 희끗희끗한 중년인이었다. 느껴지는 분위기로 보아 그가 이 식당의 사장인 것 같았다.

"우리 종업원의 소중한 목숨 구해주셔서 감사드립니다."

"아~ 그거야 뭐… 사람이 죽어가는데 구할 수 있으면 구해야죠."

"맞습니다. 그게 당연한 일인데, 그걸 모르는 사람이 많아서 문제입니다. 미러클 테이머 루아진 님이시죠?"

"유명세라는 게 정말 무섭네요. 처음 보는 분께서 제 이름도 아시고.”

"저는 이치마루의 오너 셰프이자 식당을 운영하고 있는 정기도라고 합니다.”

정기도? 이름 참 특이하다.

그가 주머니에서 황금빛 카드 명함을 꺼내 내게 건넸다.

"언제든지 연락 주시면 몇 명을 모시고 오시든 우리 식당의 최고 음식과 술을 무료로 제공해 드리겠습니다.”

이야, 대박.

하지만 한 번의 거절은 겸양이라고 했다.

"네? 아니요, 괜찮아요. 저 돈 많아요.”

"제 마음이라 생각하고 꼭 그리해 주셨으면 감사하겠습니다.”

"그럼 감사히.”

겸양은 충분히 표했으니 더 이상 마다할 필요가 없다.

난 정기도가 내민 명함을 받아 챙겼다.

"잘 먹고 갑니다.”

기분이 좋아져서 크게 인사를 건네고 식당을 나서는 정기도를 비롯한 전 종업원들이 쪼르르 따라와 이번에는 허리를 구십 도로 숙이고 합창했다.

"감사합니다! 안녕히 가십시오!”

드드륵! 드르륵!

그들의 우렁찬 인사에 방방마다 문이 열리며 식사를 하고 있던 다른 손님들이 바깥을 쳐다봤다.

"네~ 여러분도 고생하세요."

난 손을 흔들며 식당을 나왔다.

*   *   *

밤 10시.

예정대로라면 타조를 타고 바로 춘천까지 귀가할 생각이었다.

그런데 식당을 나서서 타조와 함께 비행한 지 얼마 되지 않아 내가 보게 된 건, 차원의 문이었다.

차원의 문 근처엔 비욘더로 보이는 이들이 다섯 정도 모여 있었다.

그들 말고는 근처를 배회하는 사람은 아무도 없었다.

차가 많고 복잡하기로 유명한 용산역 근처의 도로에는 개미 한 마리 보이지 않았다.

차원의 문은 보통의 사람들에겐 여전히 공포의 대상이기 때문이다.

차원의 문 위에 적힌 숫자는 2.

비욘더들이 다섯이나 모였는데 섣불리 들어가지 못하고 망설이는 이유가 저것 때문이었다.

하지만 난 다르다.

에스페란자와 100마리가 넘는 펫 군단, 무엇보다 샤오샤오가 있으니 필드에서 어떤 몬스터가 튀어나오더라도 전혀 두렵지 않았다.

물론 재수가 없을 대로 없어서 6레벨 이상의 몬스터 수백 마리가 나타난다면 또 모르겠지만 그런 경우는 배제하는 게 정신 건강에 좋다.

"돈이나 벌어볼까?"

내가 혼잣말을 흘리며 차원의 문으로 다가섰다.

그러자 이미 모여 있던 비욘더 다섯이 일제히 날 바라봤다.

그 중 한 명이 당장에 날 알은척했다.

"혹시 미러클 테이머?"

의외라는 얼굴로 다가오는 남자는… 누군지 모르겠다.

내가 모른다는 건 그닥 실력 있는 비욘더는 아니라는 뜻이다.

실력 있는 비욘더는 사람들이 팬 카페를 만들거나 인터넷 생방송으로 중계를 하는 등 하도 띄워주는 바람에 알아서 스타가 된다.

"맞아요. 그쪽은?"

별로 궁금하진 않았지만 예의상 물었다.

"아, 저는……."

남자가 뭐라고 대답을 하려는 찰나.

"함께 들어갈 사람 없습니까."

서슬 퍼런 음성이 우리의 대화를 단절시켰다.

목소리의 주인공은 차원의 문 앞에 팔짱을 낀 채로 고고하게 서 있었다.

금발에 벽안을 가진 30대 초반의 미남자.

냉기가 풀풀 풍기는 차가운 인상과 냉소적인 말투가 트레이드마크인 그는 나도 잘 아는 사람이었다.

염화검(炎火劍) 여태민.

전국 비욘더 랭킹 10위, 즉 칠왕 중 한 명이다.

서울에서는 이지안과 함께 가장 인지도 있는 비욘더 중 한 명이다.

하지만 성격은 이지안과 정반대다.

이지안이 여신 같은 외모와 달리 친근하고 편안한 성격으로 인기를 끈다면 그는 차갑고 시크한 매력으로 인기몰이 중이다.

지금도 그렇다.

여태민은 다른 비욘더들에게 시선도 주지 않고 같이 갈 사람이 없는지 물어볼 뿐이다.

"한 번 더 묻겠습니다. 없습니까?"

비욘더들 중 나서는 이가 아무도 없었다.

마침 잘됐다 싶었다.

어차피 내가 필드에 들어가려고 마음먹었던 터였기 때문이다.

"내가 들어갈게요."

난 여태민에게 다가가며 말했다.

보통 사람이 이렇게 접근하면 눈이라도 한번 마주치고 통성명을 하게 마련이다.

그런데 이 자식은.

"알겠습니다."

내가 다가가기 무섭게 차원의 문 안으로 들어갔다.

나는 갑자기 머쓱해진 발걸음을 자연스레 차원의 문 쪽으로 돌려 후다닥 몸을 밀어 넣었다.

아, 쪽팔려.

*   *   *

필드 안에서 우리를 반기고 있는 건 5레벨 몬스터 마쿠마쿠였다.

마쿠마쿠는 물고기, 그중에서도 약이 바짝 오른 복어와 비슷한 형태를 한 5레벨 몬스터다.

놈들은 물고기를 닮은 주제에 지느러미가 있어야 할 곳에 거대한 날개가 달려 하늘을 날아다닌다.

한데 재미있는 건 몸집에 비해 날개가 작아 높이 날지는 못한다는 것이다.

낮게 나는 대신 스피드가 빠르다.

마쿠마쿠가 전력을 다하면 음속에 가까운 속도로 저공비행을 하는 것도 가능하다.

아울러 전신에 돋아난 바늘에는 스치기만 해도 즉사할 만큼 무시무시한 맹독이 흘러나온다.

뿐만 아니라 5클래스 화염 마법을 사용해, 여러모로 상대하기 까다로운 몬스터 중 하나다.

그리 멀지 않은 곳에서 마쿠마쿠 무리가 우리 두 사람을 발견하고서 빠르게 다가오는 중이었다.

수는 어림잡아 백여 마리 정도.

마쿠마쿠는 무리 지어 다니는 특성이 있기 때문에 이 필드에 있는 마쿠마쿠는 저 녀석들이 전부라고 보면 된다.

물론 또 다른 몬스터들이 있을 수도 있다.

일단은 달려드는 마쿠마쿠 군단부터 해치우고 볼 일이다.

난 아공간에서 에스페란자를 꺼내 장착한 뒤, 한 손에는 스케라 소드를, 다른 손에는 스케라 건을 들었다.

여태민은 말없이 양 허리에 차고 있던 쌍검을 꺼냈다.

스르릉―

그의 성격만큼이나 날카로운 쌍검이 예기를 발했다.

"염화."

여태민이 나직이 말하는 순간, 검날에 하얀빛이 일었다.

그것은 초고열을 자랑하는 불꽃이었다.

뜨겁다 못해 하얗게 빛나는 지옥의 불길, 그것이 염화였다.

보통의 검은 저 불길에 닿는 순간 그대로 녹아 사라지는 것이 정상이다.

하지만 여태민의 검날은 아무 이상이 없었다.

당연한 얘기지만 그가 휘두르는 쌍검은 보통 검이 아니다.

우리나라의 모든 웨폰 회사들이 힘을 합쳐 콜라보 작업을 통해 만들어낸 명검이다.

그래서 염화를 견뎌내는 것이냐?

그건 아니다.

웨폰 회사들은 염화에도 끄떡없는 검을 만들어낸 게 아니라, 가장 튼튼하고 가장 가벼운 검을 만들어낸 것이다.

여태민이 그렇게 주문했기 때문이다.

그런데 왜 검이 녹지 않는 것이냐면, 여태민이 염화의 뜨거운 기운이 검날에 전달되지 않도록 제어하기 때문이다.

그는 스스로 만들어내는 불길의 모든 것을 통제할 수 있다. 형태도, 온도도, 기운의 방향도.

아울러 염화를 응축할 수도, 폭발시키는 것도 가능하다.

아무튼 그런 그가 염화를 이용하는 데 가장 최적이라고 판단한 건 검이었고, 이후부터 염화의 기운을 실은 쌍검을 휘두르기 시작했다.

이 정도가 전 국민이 알고 있는 여태민의 스토리다.

내가 알기로 현재 여태민은 나와 같은 6클래스 센서블 비욘더다. 난 인터넷에 올라온 그의 전투 영상을 본 적이 있다. 시크한 성격과 달리 전투에 임하면 엄청 터프해진다.

지금처럼.

"섬멸한다."

뭐, 뭐야, 방금? 나 온몸에 소름 돋았어.

마치 중2병 걸린 애새끼처럼 나직이 한마디를 내뱉은 여태민이 마쿠마쿠 무리에게 달려 나갔다.

그리고 두 자루 염화검을 엑스 자로 겹쳤다가 크게 휘둘렀다.

화르륵!

검날에 맺혀 있던 하얀 불길이 채찍처럼 길게 늘어나며 다가오는 마쿠마쿠 무리를 덮쳤다.

퍼퍼퍽! 퍼퍽!

"꾸르륵! 꾸륵!"

"꾸르르륵!"

마쿠마쿠 십수 마리의 몸이 터지고 녹아내렸다.

부지불식간 염화에 당한 마쿠마쿠들은 자신이 어떻게 죽는지도 모른 채 비명을 남기고 처참한 시체가 되었다.

여태민의 기세에 빠르게 다가오던 마쿠마쿠 무리가 급히 후진해 진열을 재정비했다.

그에 여태민이 고개를 돌려 날 슬쩍 쳐다보는데… 나 또 소름.

녀석의 거만한 눈빛에 '봤느냐, 내 힘을?'이라는 뉘앙스가 잔뜩 담겨 있었다.

내가 아무런 반응도 하지 않자 여태민은 검지를 치켜세우고 세 마디를 내뱉었다.

"1분. 안 넘긴다. 섬멸까지."

뭐 어쩌라고, 이자식아!

네가 1분 안에 몬스터를 섬멸하든 말든 관심 없거든!

차갑고 시크한 인간인 줄 알았더니 그게 아니라 완전히 중2병 걸린 등신이었어 저거!

나이도 서른이나 처먹고 뭐 하는 짓거리야?

그런데 더 소름 끼치는 일이 벌어졌다.

"카운트. 59. 58. 57……."

"……."

여태민이 1분을 스스로 카운트하기 시작했다.

아아, 마쿠마쿠 상대로 아까운 내 몬스터들 죽을까 봐 일부러 에스페란자 꺼내 입고 육탄전 벌이려고 했었는데, 계획 변경이다.

저 중2병을 눌러놓지 않고서는 도저히 못 버티겠다.

내 몬스터 중에는 마쿠마쿠의 독 따위에 절대로 죽지 않을 것이라는 믿음이 생기는 녀석이 있거든!

"여태민! 나는 5초다! 소환, 샤오샤오!"

"샤앗!"

내 부름에 샤오샤오가 소환되었다.

여태껏 으스댈 때 빼고는 내게 관심도 없던 여태민이 내 도발에 행동을 멈췄다. 그의 시선이 내 쪽으로 향했다.

그러고는.

"5, 4, 3······."

또 카운트를 하고 자빠졌다!

이런 제기랄, 조금이라도 빨리 저 새끼랑 이별하고 싶어!

나는 내 염원을 가득 담아 샤오샤오를 마쿠마쿠 무리에 집어 던졌다.

"샤오샤오 핵탄두다, 새끼들아!"

"샤아~ 샤아아아아아!(이 주인 놈이 또!)"

쐐애애애액!

총알처럼 날아간 샤오샤오가 마쿠마쿠 무리의 중앙에 떨어졌다.

"샤아아아아아!"

콰앙!

동시에 거대한 폭발이 일었다.

그것은 흡사 별똥별이 지상으로 추락하는 것 같은 착각이 일게끔 했다.

폭발의 여파에 마쿠마쿠들이 모두 집어삼켜지는가 싶더니.

퍼퍼퍼퍼퍼퍽!

일제히 몸이 터져 원래의 형태를 알 수 없는 걸레 조각이 되어 바닥에 엉망으로 늘어졌다.

"……1."

여태민이 카운트를 마치는 순간 샤오샤오가 시체들 사이에서 후다닥 뛰쳐나와 내게 안겼다.

놀랍게도 녀석의 몸에는 마쿠마쿠의 피가 단 한 방울도 묻지 않았다.

아니, 어떻게 이럴 수가 있지?

"뭐야… 저거."

여태민이 지금껏 단 한 번도 볼 수 없었던 충격에 빠진 얼굴로 샤오샤오를 바라봤다.

내가 중2병 환자를 이겼다.

*   *   *

"미러클 테이머 루아진은 6클래스 센서블 비욘더이자, 매지컬 비욘더. 그가 사용할 수 있는 마법의 한계는 지금까지의 통계로 볼 때 3클래스가 한계. 스케라 소드를 휘두를 때의 능숙함으로 보아 검법을 익혔고, 스케라 건으로 마법을 3중첩시켜 막강한 일격을 날리기도 함. 에스페란자라는 전신 갑주의 힘도 무시할 수 없음."

"…어이."

"그러나 그 와중에서도 가장 강력한 건 테이밍한 몬스터 군단의 힘이라고 할 수 있음. 이 모든 상황들을 종합해 봤을 때도, 그가 5초 안에 남은 마쿠마쿠 무리를 정리할 수 있는 경우는 3퍼센트 미만이었음. 그런데… 그 3퍼센트의 확률이 날 무릎 꿇리다니……."

털썩.

혼자서 심각한 얼굴로 마구 중얼거리던 여태민이 힘없이 무릎을 꿇었다.

"인정할 수 없지만… 졌다."

아아, 이대로 가다가는 내 손발이 위험해진다.

"그만하고 남은 몬스터나 찾아봅시다. 차원의 문이 열리지 않는 걸 보아하니 아직 남은 녀석들이 있는 모양인데."

그 소리에 여태민이 벌떡 일어나 이글거리는 시선으로 날 쏘아봤다.

그는 끓어오르는 화를 겨우 참고 있다는 뉘앙스를 팍팍 풍기면서 내게 말했다.

"남은 녀석들은 내가 먼저 찾는다."

"그러시든가."

"지지 않아, 이번엔."

여태민은 두 단어를 끊어 뱉었다. 그리고 쌍검을 든 양팔을 일(一)자로 쫙 폈다.

그의 검날에 다시 하얀 불길이 일었다.

"절혼(切魂)."

이어 여태민이 비기의 이름을 흘리는 순간 난 욕을 내뱉으며 몸을 납작 엎드렸다.

"염병!"

여태민이 오른발을 축으로 하고 팽이처럼 빙글 돌았다.

쌍검에 어린 불길은 궤적을 따라 불꼬리를 남기더니 반 바퀴를 돌았을 때 서로 맞닿아 커다란 고리가 되었고, 반 바퀴를 더 도는 순간 수면에 파문이 이는 것마냥 크게 벌어지며 음속으로 퍼져 나갔다.

쐐애애애액—!

내 머리 위에서 어마어마한 파공성이 울렸다.

지면에 바짝 붙은 시야엔 하얀 고리가 빠르게 넓어지다 갑자기 사라졌다.

이윽고, 반경 1킬로미터 안에 있던 나무와 풀, 바윗덩이들 일제히 절단되어 스러졌다.

그것은 모두 눈 깜짝할 새 벌어진 일이었다.

만약, 내가 바로 엎드리지 않았다면 아무리 에스페란자를 입고 있다 하더라도 크게 다쳤을 것이 분명했다.

여태민은 주변을 슥 둘러보더니 고개를 저었다.

"1킬로미터 내엔 없군."

난 벌떡 일어서서 여태민에게 다가가 멱을 틀어쥐었다. 아니, 쥐려 했다. 그러나 여태민은 가볍게 몸을 틀어 내 손이 닿는 걸 허락지 않았다.

결국 애꿎은 허공만 쥐어버린 난, 그대로 마법을 시전했다.

"파이어 볼!"

화염 마법 파이어 볼이 시전되며 커다란 불덩어리가 여태민의 얼굴로 날아들었다.

코앞에서 파이어 볼을 만들어 날렸으니 어지간한 사람은 피할 생각도 못 한 채 얻어맞았을 터였다.

그리고 머리가 날아가겠지.

하지만 여태민은 찰나지간 염화검을 들어 파이어 볼을 막았다.

화르륵!

염화검은 파이어 볼을 그대로 집어삼켜 흡수했다.

파이어 볼은 염화검의 하얀 불꽃을 이길 수 없었다.

'반사 신경이 엄청나.'

중2병스럽긴 해도 역시 칠왕 중 한 명다운 실력이었다.

아무튼 지금은 감탄이나 하고 있을 때가 아니다.

내가 속에서 열불이 나고 있으니까 말이야.

"너 뭐 한 거냐."

더 이상 난 여태민에게 존대를 하지 않았다.

여태민은 날 슬쩍 보더니 말도 섞기 싫다는 듯 뒤돌아서서 대답했다.

"뭐가?"

"절혼. 내가 바로 옆에 있었는데 예고도 없이 그걸 사용해?"

절혼은 여태민의 강력한 비기 중 하나다. 그리고 그게 얼마나 위력적인지는 대한민국의 거의 모든 사람이 알고 있다.

인터넷에 여태민만 쳐도 연관 검색어로 제일 먼저 절혼이 떠오른다. 그가 절혼을 시전하는 영상 역시 숱하게 돌아다닌다.

때문에 나도 절혼이 무엇인지 알았고, 피할 수 있었다.

만약 몰랐다면 넋 놓고 있다가 큰 거 한 방 얻어맞았을 터였다.

"피할 줄 알았어. 너라면."

아, 저 말투 듣고 있자니 싸울 맘이 싹 사라진다.

그냥 '너라면 피할 줄 알았어'라고 하면 되는 걸, 왜 저런 식으로 얘기하는 건데?

"찾는다. 남은 몬스터."

여태민이 앞으로 빠르게 달려 나갔다. 그리고 저 멀리 떨어진 곳에서 다시 절혼을 사용했다.

이제 보니 저 인간 저런 식으로 필드를 싹 정리해 버릴 셈인 모양이다.

절혼을 맞고도 버틸 몬스터는 거의 없다.

만약 지형지물에 숨어 있다면 하얀 불꽃에 함께 잘려 나가는 것이다.

남은 몬스터를 처치하기에 참 무식하면서도 확실한 방법이었다.

그러나 필드의 규모를 확실히 파악하지 못한 상황에서 저렇게 힘을 낭비하다간 제 풀에 지치기 쉽다.

나는 타조를 소환해 녀석을 타고 필드를 크게 돌았다.

여태민에겐 다행스럽게도 필드는 그리 넓지 않았다.

가로세로, 각각 5킬로미터 정도 되는 것 같았다.

그리고 몬스터는 아직 누구의 눈에도 띄지 않았다.

아무래도 어딘가에 숨어 있는 모양이다.

"그다지 숨을 곳이 없는 지형인데."

필드는 형성될 때마다 그 형태가 달라진다.

어떨 때는 초록 풀잎만 가득한 초원이 펼쳐질 때도 있고, 또 어떨 때는 우거진 숲이 되기도 한다. 정글이나 사막의 형태로 만들어지는 경우도 있다.

이번 필드는 초원 위에 드문드문 나무와 꽃, 바윗덩이들이 박혀 있을 뿐이었다.

'혹시 초소형 몬스터인가?'

그럴 수 있다.

초소형 몬스터의 경우 파리만큼 작은 녀석들도 존재한다.

이런 놈들은 눈에 잘 띄지 않기 때문에 숨으려고 작정하면 찾아내기가 여간 까다로운 게 아니다.

"타조야, 눈 크게 뜨고 잘 찾아라."

"우루루~!"

안 그래도 커다란 타조의 눈이 더욱 커졌다.

저 멀리서는 계속해서 하얀 고리가 퍼져 나가며 필드를 깔끔하게 정리하는 중이었다.

"고생한다, 고생해."

차라리 여태민이 얼른 몬스터를 잡아서 그만 나갔으면 하는 마음이 들었다.

그런데.

"우루?"

타조가 뭔가를 발견하고서 급하게 활강했다. 그리고는 큰 부리로 바윗덩이를 으적 깨물어 부쉈다.

순간 바위 뒤에서 검은 그림자가 튀어나와 옆에 있던 나무 뒤로 숨었다.

난 타조의 등을 박차고 날아가 나무기둥에 주먹을 박아 넣었다.

꽝! 퍼거걱!

거대한 나무가 조각나 바스러졌다.

그때 또 한 번 검은 그림자가 튀어나왔다.

하지만 이 주변에 더 이상 녀석이 숨을 곳은 없었다.

결국 놈이 택한 곳은.

"우루?"

어처구니없게도 타조의 등이었다.

너 아주 큰 실수 한 거란다.

"봉인, 타조."

내 한마디에 타조는 빛이 되어 아공간으로 사라졌고, 지금 껏 요리조리 피해 다니던 몬스터의 정체가 드러났다.

녀석은 바로.

"…샤오샤오?"

"샤아!"

샤오샤오였다.

물론 내가 테이밍한 샤오샤오는 아니었다.

내 샤오샤오는 3성인데 저 녀석은 2성이었다.

"샤오샤오라니. 대박."

지금 내가 길들인 샤오샤오만 해도 어마무시한 위력을 자랑하며 일당백 그 이상의 역할을 톡톡히 하고 있다.

한데 그런 샤오샤오가 한 마리 더 생긴다면?

생각만 해도 행복해진다.

이건 거의 로또가 두 번 터지는 것과 다름없다.

"소환, 몬스터 군단!"

난 110마리의 모든 몬스터들을 소환했다.

샤오샤오를 길들이는 방법은 단 하나!

내게 테이밍된 몬스터들로 샤오샤오를 꾀는 수밖에 없다.

내가 처음으로 테이밍했던 샤오샤오도 이런 방법을 사용했었다.

그러기 위한 첫 단계로 내 펫들이 샤오샤오와 친해져야 한다.

샤오샤오는 굉장한 부끄럼쟁이지만 상대방에 계속 적극적으로 나오면 결국엔 마지못해 마음을 연다.

물론 그 과정이 힘들기는 하다.

아직 마음을 열기 전의 샤오샤오는 몬스터가 다가가기만 해도 주먹부터 나간다.

뻐억!

지금처럼 말이다.

듀라란이 샤오샤오에게 가장 먼저 다가갔다가 가장 먼저 얻어터졌다.

샤오샤오가 부끄러움에 내지른 주먹에 엄지발가락을 맞았는데, 당장 중심을 잃고 앞으로 고꾸라졌다.

"맞는 걸 두려워하지 말고 달려들어서 마구 비벼대!"

내 명령을 절대적으로 들을 수밖에 없는 펫들은 일제히 샤오샤오에게 달려들었다.

하지만 그 무리 속에 내 샤오샤오는 없었다.

내 샤오샤오는 언제나 그렇듯 다리 뒤에 숨어서 얼굴만 빼꼼 내밀고 상황을 지켜보는 중이었다.

퍼퍼퍼퍼퍼퍼퍽!

"우루루!"

"뀨웃!"

"토톳!"

"듀라라~!"

"라라랑~"

그러는 사이 펫들은 일제히 샤오샤오에게 얻어맞고 하나둘 시체처럼 뻗는 중이었다.

난 내 샤오샤오의 머리를 쓰다듬으며 부탁했다.

"아무래도 네가 나서줘야겠다, 샤오샤오."

"샤?(내가?)"

"그래. 다들 저렇게 너랑 같은 동족과 친해지겠다고 고생하는데 그냥 보고만 있어서야 되겠어?"

"샤아……."

내 샤오샤오가 조금은 수긍한 얼굴로 새로운 샤오샤오에게 얻어터지는 펫들을 바라봤다.

110마리의 펫들이 전부 나가떨어지는 데 걸린 시간은 채 1분이 되지 않았다.

사실 따지고 보면 샤오샤오가 손속에 사정을 뒀기에 1분씩이나 걸린 거다.

녀석이 정말 죽일 마음으로 일격을 날렸다면 수 초 만에 내 몬스터들 절반 이상이 가루가 되었을 것이다.

다행스럽게도 새로운 샤오샤오는 몬스터들을 해할 생각은 없는 듯했다.

내 펫들은 심각한 상처를 입고서 바닥에 널브러져 끙끙댔다.

그 와중에 타조는 회복 마법으로 스스로의 상처를 치료하고, 다른 펫들에게도 회복 마법을 시전해 주는 중이었다.

"샤오샤오, 네가 나설 때다. 애들 회복하고 있을 때, 붕 뜨는 시간 좀 채워줘."

"샤아……."

샤오샤오는 영 내키지 않는 얼굴이었다.

난 그런 샤오샤오의 등을 강제로 떠밀었다.

샤오샤오가 어쩔 수 없이 새로운 샤오샤오에게 다가가려 했다.

그러다 두 샤오샤오의 시선이 마주쳤다.

내가 알기로 샤오샤오들은 개인주의적 성향이 강해 군집 생활을 하지 않고 부끄러움이 많아 우연히 길 가다 동족을 마주쳐도 피해 버리거나 숨는다고 한다.

과연 이 두 녀석도 그럴 것인가 호기심에 유심히 지켜봤다.

"샤……?"

"샤아……?"

샤오샤오는 동족과 눈을 맞춘 채 더 가까이 가지 않고서 의미 없는 말을 흘렸다.

새로운 샤오샤오 역시 내 샤오샤오와 같은 반응을 보이고 있었다.

그러다가 일순 무거운 침묵이 내려앉았다.

두 마리의 샤오샤오는 한참을 그렇게 마주 보다 어느 순간.

"샤아아!"

"샤아아!"

"…어?"

빛과 같은 속도로 서로에게 달려들어 주먹을 뻗었다.

쫘아아앙!

두 마리 샤오샤오의 주먹이 맞부딪혔다.

괴력과 괴력이 격돌하며 엄청난 충격파가 사방으로 퍼져 나
갔다.

"샤아아아!"

"샤아앗!"

샤오샤오들은 계속해서 힘겨루기를 했다.

그럴수록 놈들이 디디고 선 바닥이 푹푹 파여 나가며 아래
로 꺼졌다.

콰드득! 콰직! 드드득!

아슬아슬한 균형을 유지하며 줄곧 이어지던 힘겨루기는 결
국 내 샤오샤오 쪽으로 유리하게 기울어졌다.

저쪽 샤오샤오는 2성, 내 샤오샤오는 3성이니 당연한 결과
였다.

"샤아아아!"

쩌엉!

"샤앗!"

새로운 샤오샤오가 힘에서 밀려 결국 얼굴을 정통으로 얻
어맞았다.

하지만 벌떡 일어나 다시 전투태세를 갖췄다.

"샤아아."

"샤아아아."

두 마리의 샤오샤오는 서로를 죽일 듯 노려보며 살기를 내뿜었다.

"아무래도… 내가 알고 있던 샤오샤오에 대한 얘기들은 전부 잘못된 정보였나 본데."

적통의 핏줄끼리 만나면 아무리 샤오샤오라고 해도 단 한 명밖에 오를 수 없는 왕의 자리를 탐내며 같은 종과 싸운다.

보통은 왕의 자격이 있는 녀석들끼리 싸우지만, 샤오샤오는 개체수가 적고 한 마리 한 마리가 다 왕의 자격을 갖추고 있다.

따라서 몬스터 로드의 뒤를 이을 후계자의 자리를 위해 싸우게 되는 것이리라.

"그건 그렇고 한 번도 본 적 없는 모습인데, 이건."

상대를 죽일 듯 노려보며 송곳니를 드러내고서 으르렁거리는 샤오샤오의 모습이라니.

오늘 상당히 낯설다, 너.

*　　　　*　　　　*

여태민은 비기 절혼을 연속으로 사용하며 필드 구석구석을 돌아다녔다.

그가 지나가는 곳마다 나무와 바윗덩이들이 전부 가을 추수를 한 듯 우수수 쓰러져 나갔다.

"나와. 나오란 말이다."

그의 마음은 조급해졌다.

비욘더 랭킹 10위, 칠왕 중 한 명으로 이름을 올린 이후에는 그보다 낮은 서열의 비욘더에게 단 한 번도 진 적이 없었다.

그는 조금씩이지만 한 발 한 발 꾸준히 앞으로 나아가고 있고, 언젠가는 더 높은 서열을 바라보리라 다짐했다.

그러기 위해서는 밑에서 치고 올라오는 이들에게 잡히지 않아야 한다.

그 때문에 나날이 노력했다.

수련에 수련을 거듭하며 포스를 키워 나갔다.

그게 즐거웠고 신났다.

사실 그는 비욘더로서의 삶밖에 모르는, 이른바 비욘더 오타쿠였다.

디멘션 임팩트 이후 최초의 비욘더가 나타나기부터 지금에 이르기까지 비욘더에 관한 한 모르는 것이 없었다.

비욘더들이 반드시 알아야할 규칙은 기본이고, 그 외에 잡다한 수천 개의 규칙과 비욘더에게 특별 적용되는 법률사항들도 모두 머릿속에 들어 있었다.

뿐만 아니라, 주시해야 할 비욘더들의 이름, 나이, 성별을 비롯해 거주지와 성격, 특이 사항, 그들의 능력, 클래스, 가족 관계 등등을 모두 조사해서 알아낼 정도로 열성이었다.

여기서 끝이 아니다.

전국에 있는 비욘더 길드의 수가 몇이고, 어느 지부의 길드가 어느 동네 어느 위치에 있는지까지 정확하게 숙지하고 있었다.

또한 몬스터들의 전리품이 각각 얼마에 거래되는지 알았고, 던전과 필드가 자주 열리는 지역 분포도도 만들어놓았다.

이처럼 그는 비욘더에 관한 얘기가 아니면 도통 흥미를 느끼지 못했다.

맛있는 음식, 멋진 패션 같은 건 나 몰라라 한다.

영화를 감상하거나 독서를 한다거나 음악을 듣는 등의 여가 생활, 취미 활동에도 관심이 없었다.

때문에 누굴 만나든 나눌 대화가 없는 것이다.

그나마 비욘더들과는 이야기가 통할 줄 알았지만 여태민은 그 성격상 자신이 남보다 많이 알고 있는 것을 알려주지 않은 채 으스대는 걸 좋아한다.

속으로 혼자 승자의 기분을 만끽하는 것이다.

그래서 여태민에게 호의를 가지고 접근하는 비욘더들도 그의 얕보는 듯한 비웃음에 기분이 상해 멀어지는 경우가 대부분이다.

만약 여태민이 음주가무를 좋아했다면 또 모를 일이다. 그런 쪽으로 친구가 생겼을는지도.

하나, 그는 술 담배를 하지 않는다.

아니, 태어나서 지금까지 아예 관심 자체를 두지 않았다.

그는 말이 트이던 유아 시절부터 오로지 비욘더에만 관심을 두었다.

냉정하게 얘기하자면 여태민은 사회 부적응자에 가까웠다.

하지만 지금의 시대는 능력 있는 비욘더가 대접받고 잘사는 세상이다.

여태민이 일반인 비욘더 오타쿠였다면 모르겠으나 비욘더의 능력을 각성하는 바람에 앞에 꽃길이 펼쳐졌다.

그는 자는 시간, 먹는 시간, 싸는 시간까지 아껴가며 스스로의 능력을 키워 나갔다.

결국에는 지금의 자리에 오게 되었다.

물론 칠왕이 되기까지 당해야 했던 역경과 수모도 상당했다.

다른 비욘더에게 사정없이 깨지고, 비웃음당하고 놀림거리가 된 적도 수두룩했다.

그러나 비욘더에 광적인 집착을 보인 그의 성향이 절로 그를 근면 성실하게 만들었고 칠왕이 된 이후에는 밑의 서열 비욘더들에게 한 번도 모욕감을 느낀 적이 없었다.

무려 2년간을 그래왔다.

그런데 오늘.

2년 만에 처음으로 그에게 모욕감을 안겨준 하위 등급 비욘더가 나타났다.

그것도 서열 51위인 비욘더가 말이다.

"이곳을 정리하는 건 곧 나다. 이 무대에서는 내가 주인공이다. 끝에 가서 웃는 건 내가 될 거다."

누가 들으면 닭살이 돋아날 정도의 대사를 아무렇지 않게 읊조리며 여태민은 쉼 없이 절혼을 시전했다.

그때였다.

콰아앙―!

엄청난 굉음과 함께 필드 전체를 격동시키는 충격파가 여태민을 덮쳐왔다.

동시에 그의 몸이 파르르 흔들렸다.

비틀!

순간적으로 중심을 잃은 여태민이 한 발을 빠르게 옆으로 뺐다. 덕분에 꼴사납게 넘어지지는 않았다.

"고작 충격파가 어떻게……?"

소스라치게 놀란 여태민이 충격파의 발원지로 고개를 돌렸다.

콰아앙―!

그때 또 한 번 충격파가 휘몰아쳤다.

"이것은……!"

여태민의 머릿속에서 종이 울렸다.

자신보다 루아진이 먼저 몬스터를 찾아내 싸우고 있다.

마지막 몬스터마저 루아진에게 빼앗겨 버리면 이 치욕을 두 번 다시 씻어내지 못할 것이다!

"그렇게 두진 않아!"

여태민이 바람처럼 몸을 날렸다.

충격파의 발원지까지 거리는 대략 3킬로미터 정도!

그가 다가가는 동안 몇 번의 충격파가 더 일었고, 그 강도는 점점 세졌다.

마침내 여태민이 아진이 있는 곳에 도착했을 때, 그는 보았다.

너무나도 귀여운 생명체 두 마리가 얼굴을 맞대고 이를 드러내며 으르렁거리는 모습을.

"……."

여태민은 이를 보고 미간을 찌푸렸다.

'또 저 녀석이야?'

여태민은 샤오샤오를 제대로 본 적이 없었다.

샤오샤오는 아진의 몬스터들 중에서 유일하게 베일에 가려져 있는 녀석이다.

애초에 아진이 자주 소환하지도 않았을뿐더러, 워낙에 부끄러움을 많이 타는 녀석인지라 소환되고 나서도 아진에게 숨어 있는 게 대부분이기 때문이다.

샤오샤오의 능력을 두 눈으로 직접 본 사람은 몇 있었다.

대표적으로 아진에게 초신성 자리를 내주었던 독고진이 그렇다.

그는 눈으로 보는 걸 넘어서서 샤오샤오를 괴롭히다가 주먹에 얻어맞고 나가떨어지는 경험까지 했었다.

하지만 그것까지는 크게 대단할 게 없었다.

그냥 좀 외모에 비해 강한 몬스터 정도로 평가되었을 뿐이다.

샤오샤오의 진면모는 아진만 알고 있다.

따라서 비욘더 오타쿠인 여태민도 샤오샤오에 대해서는 알지 못했다.

그 때문에 한번 아진에게 치욕을 당했다.

자신이 1분 안에 정리하겠다고 한 몬스터들을 샤오샤오는 5초 안에 정리해 버렸다.

그런데 지금, 마지막 하나 남은 몬스터도 샤오샤오가 상대하고 있었다.

한데 그 모습이 샤오샤오와 똑같았다.

'둘 다 내가 잡는다.'

여태민은 아진의 샤오샤오와 필드에서 나타난 샤오샤오, 두 마리를 전부 잡아 죽여야겠다 생각했다.

여태민의 쌍검에 하얀 불길이 일었다.

이어, 그는 쌍검의 손잡이 끝을 맞붙여 서로 다른 방향으로 돌렸다.

끼릭!

그러자 쇠 마찰음이 들리며 두 자루의 검은 한 자루의 창으로 변했다.

여태민이 불타오르는 창을 머리 위로 올려 빠르게 회전시키기 시작했다.

이를 본 아진이 혼잣말을 흘렸다.

"저 새끼 혹시 '백랑참(白狼斬)'을 사용하려고?"

백랑참은 여태민의 최고 비기다.

그가 사용하는 기술 중 가장 강력한 파괴력을 자랑한다.

양쪽 날에 불꽃이 이는 창을 빙글빙글 돌리다가 강하게 털어내면 불꽃이 목표물을 향해 날아가는데, 그때 모습이 흡사 이리를 닮았다 하여 백랑, 하얀 이리라는 이름이 붙었다.

이 기술은 그보다 높은 자리에 앉아 있는 다른 칠왕들도 두려워할 정도로 위력적이다.

그런 걸 샤오샤오 두 마리에게 사용하려 하고 있었다.

확실히 죽이겠다는 뜻이었다.

그러나 아진은 여태민을 제지하지 않았다.

오히려 보고 싶었다.

샤오샤오의 끝 모를 힘을!

휘이휘이휘이휘이!

창의 회전력이 더욱 강력해졌다. 여태민의 머리카락이 미친

듯이 휘날렸고 주변의 풀들도 제 몸을 가누지 못한 채 사방으로 드러누웠다.

"온다."

아진이 나직이 말했다.

그와 동시에 여태민이 창을 거칠게 털어냈다.

그러자 꼬리에 꼬리를 물고 돌아가던 불꽃이 같은 방향으로 튀어 나가며 이리의 형태를 갖췄다.

입을 쩍 벌린 거대한 하얀 이리가 두 마리의 샤오샤오를 노리고서 달려들었다.

그때까지도 샤오샤오들은 서로 기 싸움을 할 뿐, 백랑참은 신경도 쓰지 않았다.

그러자 불꽃의 이리가 샤오샤오의 머리를 집어삼키려는 찰나!

"샤아아(저리 가!)!"

"샤아아(저리 가!)!"

두 마리의 샤오샤오가 똑같이 얘기하며 주먹 하나를 옆으로 뻗었다.

여전히 옆은 쳐다보지도 않은 채였다.

콰아아아앙!

샤오샤오의 두 주먹과 여태민 최고의 비기 백랑참이 격돌했다.

여태민은 샤오샤오들이 전부 걸레짝이 되었을 것이라 확신

했다.

한데 폭발의 여파가 가라앉은 뒤, 여태민은 정신이 혼미할 정도로 거대한 충격을 받았다.

두 마리의 샤오샤오는 작은 털 하나 다치지 않고 멀쩡했다.

마치 무슨 일이 있기나 했냐는 듯 여태민에게는 시선조차 주지 않고 둘이서 기 싸움만 해댔다.

"어, 어떻게……."

백랑참은 여태민의 자부심이자 자존심이었다.

그것이 지금, 작디작은 몬스터 두 마리로 인해 산산조각 나 버렸다.

한데 그보다 더 치욕스러운 건 샤오샤오들이 끝까지 여태민을 없는 사람 취급 하고 있다는 사실이었다.

여태민이 아랫입술을 피가 나도록 깨물었다.

끼릭!

그가 창의 손잡이를 돌려 다시 쌍검으로 나눠 잡았다.

백랑참이 시전되며 사라졌던 백염이 다시 검날에 피어났다.

"무시하지 마!"

여태민이 소리치며 샤오샤오들에게 달려들었다.

화르륵!

그의 검이 두 마리 샤오샤오의 목을 노리며 다가갔다.

그대로 있다간 여지없이 목이 잘릴 판이었다.

한데.

퍼퍽!

"커억······!"

샤오샤오들의 모습이 갑자기 사라지더니 한 마리는 여태민의 하복부에서, 또 한 마리는 등 뒤에서 나타나 동시에 주먹을 박아 넣었다.

"끄아······!"

여태민은 내장이 다 끊어져 나가고 등이 뒤틀리며 뚫리는 듯한 고통과 함께 바닥에 내동댕이쳐졌다.

콰당탕!

"끄으!"

여태민이 이를 악물고 일어서려 했다.

이까짓 고통 얼마든지 참을 수 있지만, 쪽팔리는 건 참을 수 없었다.

그러나 몸이 말을 듣지 않았다.

척추뼈가 부러졌다.

여태민의 몸은 이미 주인의 통제를 벗어나 버린 상태였다.

"크으··· 젠장······."

여태민의 눈에서 눈물이 흘러내렸다.

세상 살다 살다 이렇게까지 치욕스러운 순간은 처음이었다.

피눈물을 흘리는 여태민의 입으로 갑자기 무언가가 쑥 하고 들어왔다.

힐링 포션이었다.

여태민이 감았던 눈을 부릅떴다.

그의 시야에 쪼그려 앉아 포션 하나를 더 꺼내는 아진의 모습이 보였다.

여태민은 물고 있던 빈 포션병을 퉤 뱉고 소리쳤다.

"저리 꺼져!"

"닥쳐, 나이 헛먹은 애새끼야. 마저 처먹어."

아진이 다른 포션 한 병도 여태민의 입에 강제로 처박았다.

여태민은 이를 거절하려 했지만 이미 몸이 망가진 터라 어쩔 수 없이 포션을 목으로 넘겨야 했다.

포션 두 병을 다 비우고 나니 그제야 몸이 움직이기 시작했다.

벌떡 일어서서 다시 한 번 샤오샤오들에게 달려들려 하는 여태민을 아진이 말렸다.

"아서라. 지금 갔다가는 정말 뒈진다."

"큭!"

부정하고 싶었으나 그럴 수 없었다.

저 작은 몬스터들이 얼마나 강한지 여태민은 몸소 경험해 깨달았으니.

사실 아진이 말리지 않았어도 달려들지 못했을 것이다.

그의 몸엔 이미 샤오샤오에 대한 공포가 각인되었다.

샤오샤오를 다시 한 번 베겠다 마음먹자마자 몸이 굳어버렸다.

'내가… 내가 이런 꼴을 당하다니……'

여태민이 깊이 자책을 하고 있을 때였다.

"샤아아아아!"

아진의 샤오샤오가 갑자기 고함을 내뱉었다.

이윽고 그의 몸에서 환한 빛이 일더니 형태가 변하기 시작했다.

이를 본 아진이 놀라 소리쳤다.

"강제 성장!"

샤오샤오가 스스로를 강제 성장 시키기 시작했다.

샤오샤오의 상대는 같은 종에다 자신보다 1성이 낮은 녀석이었다.

그럼에도 강제 성장을 하고 있었다.

"저 자식 흥분했나? 강제 성장까지 할 필요야……"

샤오샤오가 평소보다 몹시 흥분한 상태인 건 맞다.

하지만 그렇다고 샤오샤오의 판단이 흐려진 건 아니다. 비록 상대방은 샤오샤오보다 1성이 낮은 상황이었으나 안심하고 맞붙을 수는 없었다.

샤오샤오들은 몬스터 로드의 핏줄인 만큼 위기를 느낄 때 어떤 변수를 만들어낼지 알 수가 없다.

아울러 녀석이 먼저 강제 성장을 해 공격해 온다면 그것 역시 위험했다.

그래서 샤오샤오는 선수를 치기로 했다.

그러자 이를 본 적 샤오샤오도 강제 성장을 시도했다.

두 마리의 샤오샤오가 빛에 휘감겨 급격히 모습을 바꾸고 있었다.

아진은 그 광경을 넋 놓고 지켜봤다.

샤오샤오의 강제 성장은 그 대상을 완전체 성장 상태로 만들어 버린다.

즉 샤오샤오의 최종 성장 형태, 몬스터 로드의 본모습을 보게 되는 것이다.

꿀꺽!

아진이 마른침을 삼켜가며 샤오샤오에게 집중했다.

눈을 크게 뜨고 어떤 장면도 놓치지 않겠다는 의지를 불태웠다.

그때였다.

"샤아아아!"

아진의 샤오샤오가 크게 포효함과 동시에 빛이 더욱 강렬해졌다.

이윽고 희미해지는 빛 무리 너머로 완전체가 된 샤오샤오의 모습이 드러났다.

"…어?"

그것이 완전체 샤오샤오를 본 아진의 첫마디였다.

아진은 놀라지 않을 수 없었다.

빛이 완전히 사라지고 난 뒤 보이는 샤오샤오의 모습이 그의 예상과는 전혀 달랐기 때문이다.

"저게… 샤오샤오?"

아진이 알던 샤오샤오는 그 자리에 없었다.

대신 2미터에 달하는 장신에 쭉쭉 길게 잘빠진 팔다리를 가진 모델 같은 몸매의 미남자가 서 있을 뿐이었다.

얼굴은 조각을 해놓은 듯 아름다웠고, 커다란 두 눈망울은 우수에 가득 찼다.

거기까지 놓고 본다면 사람과 다름이 없었다.

그러나 하반신이 검은 털에 덮여 있고, 머리에 커다란 검은 뿔이 달려 있는 것이 그가 사람이 아니라는 걸 말해주었다.

샤오샤오는 지척에서 마찬가지로 강제 성장 중에 있는 또 다른 샤오샤오를 바라보다가 한 손을 휙 휘둘렀다.

퍽!

무언가가 터져 나가는 소리와 함께 빛이 사라졌다. 빛이 사라진 자리엔 아무것도 없었다.

응당 있어야 할 샤오샤오의 시신이나 핏자국이 보이지 않았다.

대신 완전체가 된 샤오샤오가 무언가를 꿀꺽! 삼키는 소리만이 정적을 깨며 들려왔다.

"…뭐야, 지금?"

아진이 놀라서 샤오샤오를 바라봤다.

샤오샤오는 아진의 시선을 느끼고서 마주 바라보다가 무언가 이상한지 고개를 갸웃거렸다.

그러고서는 자신의 몸을 살폈다.

순간 샤오샤오의 눈이 튀어나올 만큼 커졌다.

"샤, 샤아아? 샤아아아아아아!(이, 이 몸 뭐야? 부끄러워어어!)"

화들짝 놀라 고함을 지른 샤오샤오가 사지를 바들바들 떨었다.

외형과 전혀 어울리지 않는 반푼이 같은 짓거리에 아진은 적잖이 당황했다.

"너 지금 완전체 된 네 몸 보고 놀란 거냐?"

샤오샤오는 아진의 말이 들리지 않았다.

그는 머리 아래 달린 생소한 자신의 몸에 정신이 나갈 지경이었다.

생판 모르는 생명체가 다가오는 것 자체를 부끄러워서 싫어하는 샤오샤오다. 그런데 생판 모르는 몸뚱이가 달려 있으니 환장할 노릇이었다.

다가오는 다른 생명체야 숨어버리면 그만이다.

그런데 몸은 자기 것이니 숨는다고 해결될 일이 아니다.

샤오샤오가 어찌할 바를 모르고서 어린아이처럼 바들바들 떨고만 있는데, 그의 몸에서 다시 빛이 일었다.

"샤아?"

빛은 짧은 시간 일렁이다가 금방 사라졌다.

그리고 샤오샤오는 완전체가 되기 전의 모습으로 돌아왔
다.

"샤? 샤… 샤아아……."

그제야 샤오샤오는 안도의 한숨을 내쉬었다.

"샤오샤오, 이리 와."

아진의 부름에 샤오샤오는 부리나케 아진에게 다가가다가.

"샤아아아아!(넌 또 누구야아아!)"

에스페란자를 입은 아진의 모습에 기겁해서 허공을 격한
뒤, 다시 원래 있던 자리로 돌아갔다.

"아, 맞다. 미안, 미안. 봉인 에스페란자."

아진은 에스페란자를 봉인하고 난 뒤 다시 샤오샤오를 불
렀다.

그제야 샤오샤오는 아진에게 달려와 품에 폭 안겼다.

아진은 여전히 부끄러움을 떨치지 못해 파르르 떠는 샤오
샤오의 등을 쓰다듬어 주었다.

"그래그래. 고생했다. 근데 샤오샤오."

아진에게 안겨 있던 샤오샤오가 고개만 들어 아진을 올려
다봤다.

"샤?"

"너랑 싸우던 샤오샤오는 어떻게 했니?"

"샤아… 아."

"먹은 것 같다고?"

"샤아."

샤오샤오는 자신도 모르게 벌인 짓인지라 몬스터를 잡아먹
었다는 사실이 영 께름칙했다.

"그랬구나."

아진의 입장에서도 상당히 아쉬웠다.

샤오샤오 한 마리를 더 길들이면 참 좋았을 텐데, 하는 생
각이 머릿속에서 쉬이 떠나지 않을 듯했다.

"아무튼 이제 괜찮아."

아진이 샤오샤오를 달래주고서 아공간으로 돌려보내려 했
다.

그때였다.

샤오샤오의 몸에 변화가 일었다.

연두색의 털이 연보랏빛으로 변하더니 동그랗던 꼬리가 좀
더 길게 자라났고, 전체적으로 덩치가 약간 더 커졌다.

변화는 그 이상 일어나지 않았다.

"어? 뭐야, 너 성장했어?"

아진의 물음에 샤오샤오가 고개를 끄덕였다.

"그럼 4성… 여전히 큰 변화는 없구나. 그나마 지금까지 중
에서 가장 많이 변한 것 같긴 하다만. 역시 샤오샤오의 위력
은 대단하구나. 한 마리 잡아먹었다고 바로 한 단계 성장해
버리다니."

"샤아아."

"응? 피곤해?"

"샤야."

샤오샤오가 조금 지친 얼굴로 고개를 끄덕였다.

"그럴 만도 하겠다. 쉬어라. 봉인, 샤오샤오."

아진은 샤오샤오를 아공간으로 돌려보냈다.

마침, 차원의 문이 열렸다.

샤오샤오가 이 필드의 마지막 몬스터였던 것이다.

아진은 여전히 바닥에 누워 일어설 줄 모르는 여태민을 잡아끌었다.

"일어나. 나가야지."

"……."

"안 일어나?"

"…먼저 가라. 지금은 네 얼굴을 볼 수가 없다."

"에라이."

순간적으로 쌍욕을 할 뻔한 아진은 얼른 입을 다물었다.

어떻게 아무렇지 않은 얼굴로 저런 말을 할 수 있는 건지 의문이었다.

"그냥 같이 나가자."

"날 그냥 놔둬."

"아, 진짜 이 어른아이 같은 새끼."

그 말에 여태민이 날카로운 시선으로 아진을 쏘아봤다.

"내 자존감을 건드리는 그런 막말은 그만둬!"

"지금부터 무력 제압 한다. 벗어날 수 있으면 벗어나 봐. 그런데 못 하겠으면 닥치고 얌전히 있어."

말을 마침과 동시에 아진이 여태민을 한 손으로 번쩍 들었다.

여태민이 그런 아진에게서 벗어나려 했다. 하지만 엄한 발버둥만 될 뿐이었다.

아진은 에스페란자의 육체 강화 레벨을 맥시멈까지 끌어올렸다.

때문에 피지컬 비욘더도 아닌 여태민이 아진의 힘을 감당할 수는 없었다.

"나가자."

아진이 계속해서 버둥거리는 여태민의 머리에 꿀밤을 먹였다.

퍽!

"끅!"

여태민은 정신이 아릿해짐을 느끼며 축 처졌다.

그를 짐짝마냥 어깨에 들쳐 멘 아진은 차원의 문을 넘어갔다.

*   *   *

차원의 문에서 나오자마자 아진을 반긴 것은 어마어마한

플래시 세례였다.

미러클 테이머가 서울에 나타났다는 소식을 접한 기자들이 몰려든 것이다.

아무 생각 없이 귀환하던 아진은 우르르 몰려드는 기자들을 보며 잠시 놀랐다가 이내 여유를 되찾고 손을 흔들었다.

"미러클 테이머! 서울엔 어쩐 일로 오셨습니까?"

"필드엔 어떤 몬스터들이 있었습니까?"

"어깨에 염화검 여태민을 짊어지고 있는데, 기절한 겁니까?"

"안에서 무슨 일이 있었던 건지 설명 부탁드립니다!"

아진은 에스페란자를 벗고서 기자들을 진정시켰다.

"질문은 한 번에 하나씩 해주세요. 일단 이 사람 좀 내려놓을게요. 웃차."

아진이 여태민을 바닥에 패대기치듯 내려놓았다.

그러고서는 기자들을 향해 얘기했다.

"안에서는 별거 아닌 몬스터들과 조우했어요. 여태민이 이 꼴이 된 건… 뭐, 깨어나면 본인한테 물어보세요."

그러자 기자들의 안색이 안 좋아졌다.

여태민은 인터뷰를 안 하기로 유명했기 때문이다.

아니, 원체 자기 혼자만의 세상에 빠져 있기에 인터뷰 자체가 불가능했다.

"그럼 난 갑니다~!"

아진이 얼른 그 자리를 빠져나가려 할 때였다.

"으음."

기절해 있던 여태민이 신음을 흘리며 눈을 떴다.

아진에게 집중되어 있던 카메라의 반 이상이 여태민에게 집중되었다.

여태민이 머리를 휘저으며 겨우 몸을 일으켰다.

기자들은 질문을 해봤자 돌아오는 건 침묵뿐일 것이라는 걸 알면서도 버릇처럼 마이크를 들이댔다.

"여태민 님! 왜 기절한 상태로 귀환하신 건가요!"

"필드에 나타난 몬스터는 별 볼 일 없었다고 하는 미러클 테이머의 말이 사실인가요?"

'미러클 테이머!'

그 이름에 여태민의 정신이 확 돌아왔다.

그가 눈을 휘둥그레 뜨고 주변을 둘러봤다.

"나 찾냐?"

자리를 뜨려던 아진은 깨어난 여태민에게 말을 걸었다.

여태민은 아진을 보자마자 벌떡 일어서서 소리쳤다.

"나 여태민!"

'아이 씨발, 깜짝이야.'

면전에 대고 소리를 빽 지르니 놀란 아진이 뒤로 한 걸음 물러서며 속으로 욕을 뱉었다.

찰칵! 찰칵! 찰칵! 찰칵!

원체 카메라가 있는 곳에선 입 여는 법이 없던 여태민이 잔뜩 흥분해 떠들어대는 모습은 기자들의 먹잇감이 되기에 충분했다.

여태민의 모습은 수십 대의 카메라에 고스란히 동영상과 사진으로 계속해서 담겨 나갔다.

"이번에는 졌지만, 다음번엔 절대 이런 치욕을 당하는 일 없도록 하겠다."

"…뭐?"

아진은 이게 또 무슨 개소리인가 싶었다.

그는 여태민과 그다지 싸움이랄 걸 벌인 적이 없었다.

하도 잘난 체하길래 샤오샤오로 몬스터들을 5초 안에 정리해 버렸던 것 빼고는 그냥 자기 할 일만 했다.

하지만 여태민은 내심 아진과 계속해서 경쟁을 벌이고 있었다.

한마디로 혼자만의 경쟁이었다.

"두 번은 없다. 너, 다음번엔 내 앞에 무릎을 꿇리겠다."

그 소리에 기자들은 난리가 났다.

"그게 무슨 얘기입니까, 염화검!"

"필드 안에서 미러클 테이머와 분란이 있었습니까?"

"염화검이 미러클 테이머에게 졌다는 걸 공개적으로 인정하는 겁니까?"

"그럼 칠왕의 자리를 내주어야 하는 거 아닌가요?"

"안에서 어떤 이유로 다투게 되었는지 답변 부탁드립니다!"

우레와 같이 쏟아지는 기자들의 질문이 여태민의 귀에는 하나도 들려오지 않았다.

그의 머릿속엔 오로지 아진에게 졌다는 생각만 가득했다.

'나보다 강하다.'

그것이 여태민이 아진에게 느낀 솔직한 심정이었다.

아진의 실력은 결코 비욘더 서열 51위에 머물러 있을 게 아니었다.

단지 그가 상위의 비욘더들과 만나 겨뤄보지 못했던 것일 뿐.

"미러클 테이머에게 졌다는 걸 인정하십니까!"

그때 계속해서 똑같은 질문만 반복하던 기자의 음성이 여태민의 귀에 들어왔다.

여태민은 그 기자를 무섭게 노려봤다.

기자는 찔끔했지만, 본분에 충실하기 위해 아무렇지 않은 척 마이크를 더 가까이 들이댔다.

여태민은 마이크에 대고 아무런 말도 하지 않았다.

다만 천천히 고개를 끄덕였다.

그러고서 기자들을 헤치고 그곳을 벗어났다.

아진은 멀어지는 여태민의 뒷모습을 바라보며 어안이 벙벙했다.

'뭐야, 지금? 서열 10위인 인간이 나한테 졌다고 인정했어? 그것도 자존심 강하기로 유명한 여태민이?'

갑작스럽게 진행되어 버린 상황에 아진은 정신이 없었다.

일단은 이곳을 떠나야겠다는 생각이 들었다.

"다들 조심하세요. 타조 소환합니다."

타조가 무엇인지 기자들은 알고 있었다.

때문에 괜히 봉변당하지 않기 위해 아진의 주변에서 일사 불란하게 물러났다.

넓은 공간이 생기자 아진은 타조를 소환해 올라탔다.

"가자, 타조! 집으로!"

"우루루!"

크게 울어젖힌 타조가 날갯짓을 해 날아올라 춘천으로 향했다.

그 모습을 기자들은 끝까지 카메라에 담았다.

그리고 수많은 기자들 사이에서 누군가가 목청이 터져라 외쳐댔다.

"여러분! 새로운 칠왕의 탄생입니다!"

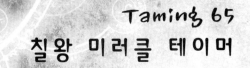

Taming 65
칠왕 미러클 테이머

　서울에서 여태민과의 사건이 있은 후, 각종 인터넷 포털 사이트 인기 검색어는 나와 관련된 단어들로 도배되었다.

　과거에 몇 번 이런 경우가 있긴 했지만, 이번만큼 대단했던 건 또 처음이다.

　서울에 다녀온 지 벌써 일주일이 다 되어간다.

　그런데도 여태민이 내게 패배했음을 인정했던 사건은 여전히 뜨거운 감자였다.

　여태민이 자존심 센 거야 만인이 아는 사실이다.

　인터뷰 무시하기로도 유명하다.

　그런 인간이 공개 석상에서 내게 졌다고 하는 게 전파를 탔으니 한국이 벌컥 뒤집어지는 건 당연했다.

물론 서열 51위 비욘더가 칠왕 중 한 명을 이겼다는 것 역시 이 뜨거운 분위기에 톡톡히 한몫했다.

이제 분위기는 서열 10위 여태민이 스스로 패배를 인정했으니 내가 그 자리에 이름을 올려야 하는 게 아니냐는 쪽으로 흘러가고 있었다.

일부 웹사이트에서는 나를 서열 10위로 인정하느냐 마느냐 하는 문제로 찬반 투표까지 벌어졌다.

물론 나는 찬성 눌렀다.

지금 내 입장에서는 유명세를 얻는 게 여러모로 도움이 된다.

내가 잘나갈수록 세 장관은 나를 더 함부로 할 수 없을 테니까.

물론 기본적으로 내 손을 놓지 못할 큰 덫을 쳐놓긴 했지만, 그것만으로 안심할 수는 없다.

덫은 칠 수 있는 한 2중, 3중으로 겹겹이 만들어놓는 게 좋다.

*　　　　*　　　　*

다시 사흘이 지났다.

그리고 나는 아침부터 의외의 손님을 맞이해야 했다.

그것도 무더기로.

"…어쩐 일로?"

우리 집 대문 앞에 일렬로 서서 날 바라보고 있는 네 사람에게 물었다.

남자 둘에 여자 둘.

어디서든 이름만 대면 알아주는 유명 인사들이었다. 그렇다고 이들이 연예인이나 정계 사람들은 아니었다.

그들은 전부 비욘더들이었다.

그것도 하나같이 '칠왕'이라는 칭호를 이름 앞에 달고 있는.

"안녕?"

네 사람 중 가장 시원한 인상을 가진 사내, '정사윤'이 인사를 건넸다.

그는 이목구비가 뚜렷하고 특히 눈썹이 진했으며 피부는 백설 같았다. 거기에 타고난 벽안 때문에 서구적인 느낌이 강했다. 하지만 자신은 토종 한국인이라는 것이 그의 주장이다.

혼혈도 아니란다.

눈이 파란 건 아버지 유전인데, 아버지도 토종 한국인이라고 했다.

아무튼 그는 외모만큼 확실하고 시원시원한 성격이 특징이다.

비욘더 통합 서열 9위.

여태민의 바로 위에 군림하고 있는 이로, 피지컬 비욘더이자 센서블 비욘더다.

사실 상위 10위권에 이름을 올린 비욘더들 중 피지컬 비욘더의 수가 가장 적다.

육신 강화 계열은 마법과 이능력 계열에 비해 많이 밀리기 때문이다.

그럼에도 정사윤이 칠왕이 될 수 있었던 건 그가 가지고 있는 센서블의 능력이 육체 강화 능력과 기막힌 시너지를 내기 때문이다.

정사윤의 센서블 능력은 '아이언 보디(Iron Body)'.

말 그대로 육체를 강철과 같이 단단하게 만들어 버린다.

그와 동시에 힘과 민첩성도 몇 배 이상으로 업그레이드된다.

그러니 피지컬 비욘더의 능력과 콜라보될 경우 일 더하기 일이 이가 되는 게 아니라 십 이상이 되는 결과를 가져온다.

한 명의 비욘더가 두 가지의 능력을 각성하는 것도 쉬운 일이 아닌데, 그 능력들이 서로 아름답게 받쳐주니 참 운 좋은 케이스였다.

"얘기 좀 할까 해서 왔는데."

정사윤이 말하며 대문을 톡톡 두들겼다.

손으로 두들겼건만 들려오는 소리는 깡깡!이었다. 마치 쇠와 쇠가 부딪히는 것 같았다.

"네, 얘기하세요."

"너 제정신이세요? 오래간만에 재미있는 경우 당하네."

내 대답이 맘에 들지 않았는지, 시종일관 팔짱을 끼고서 고개를 삐딱하게 꺾은 채 날 보고 있던 여인이 코웃음을 쳤다.

조막만 한 얼굴에 허리까지 내려오는 붉은 장발, 귀여움과 표독스러움의 경계에서 노닐고 있는 듯한 외모가 인상적인 그녀의 이름은 김태리.

비욘더 서열 7위이고 매지컬 비욘더다.

물, 불, 바람, 땅의 네 가지 원소 마법을 5클래스까지 모두 다룰 줄 안다.

매지컬 비욘더 중에서 각 속성의 마법들을 전부 구사할 수 있는 자는 매우 드물다.

물론 나도 네 가지 속성 마법을 구사할 수 있지만, 내 한계는 3클래스가 끝이다.

마법은 1클래스 차이가 어마어마하다.

예를 들어 만약 같은 속성일 경우 4클래스 마법들을 전부 다 때려 박아도 5클래스 마법 하나를 깨부수기가 힘들 정도다.

때문에 모든 속성 마법을 5클래스까지 구사할 수 있는 김태리가 대단한 것이다.

아, 그녀의 붉은 머리카락은 염색한 것이다.

모근 부분이 검은 걸 보니 슬슬 부분 염색을 할 때가 온 것 같은데… 따위의 시답잖은 생각을 하고 있던 내 귀로 김태리의 앙칼진 음성이 때려 박혔다.

"말로 할 때 문 열죠?"

"말로 할 때 용건부터 얘기하시지?"

"찾아온 손님을 문전박대하는 건 무슨 경우야?"

"난 손님 초대한 적 없는데? 지금 내 입장에서는 댁들 전부 불청객일 뿐이거든."

"불청객? 무례의 끝을 달리시네?"

"남의 집에 예고도 없이 들이닥친 주제에 어디서 무례라는 단어를 입에 담습니까?"

"고작 여태민 하나 밟았다고 너무 기세등등한 거 아니야?"

김태리가 당장이라도 한판 붙어보자는 듯 쌍심지를 켰다.

그때 넷 중 가장 덩치가 큰 대머리 사내가 김태리를 제지하고 나섰다.

"성질 좀 죽여. 응? 만약 칠왕을 뽑는 자격 요건에 인성까지 포함된다면 넌 탈락일걸? 하하."

웃는 얼굴로 남의 속 박박 긁어버리는 말을 태연하게 늘어놓는 이는 비욘더 서열 5위, 김현명이었다.

센서블 비욘더로 그의 능력은 히프노시스(Hypnosis), 즉 최면이었다.

6클래스 비욘더인 그는 던전에 들어가서 단 한 번도 스스로의 손을 더럽혔던 적이 없다.

항상 최면술을 이용, 몬스터들끼리 동족상잔을 하게 만들었다.

물론 그의 힘은 사람에게도 통한다.

때문에 칠왕, 그중에서도 상위권에 그가 앉을 수 있었다.

하지만 모든 사람에게 최면술이 통하는 건 아니었다.

그보다 높은 서열의 비욘더들에겐 최면술이 먹히질 않았다.

아울러 랭킹 4위부터 1위까지의 비욘더들은 전부 7클래스다.

즉, 김현명의 능력은 자신보다 높은 클래스의 비욘더들에게는 통하지 않는 것으로 판단 내려졌다.

물론 이것은 절대적 사실이 아니다.

그저 지금까지의 경험으로 비추어봤을 때 내릴 수 있는 가장 그럴듯한 가정일 뿐이다.

현재의 난 김현명과 같은 6클래스다.

그래서 지금 내 앞에 선 비욘더들 중 심리적으로 가장 부담스러운 이가 바로 그였다.

한데 부담스럽기는 김태리도 마찬가지인 모양이다.

잔뜩 성이 난 암고양이 같은 그녀가 김현명의 속 긁는 얘기에는 별다른 반응을 하지 않았다.

그저 이를 빠드득 가는 것으로 넘길 뿐이다.

김태리가 뒤로 빠지니 김현명이 앞으로 나섰다.

"루아진, 아무 말도 없이 찾아온 건 미안한데 우리가 네 번호를 알아야 미리 연락을 하든가 하지 않겠냐? 하하."

"집 주소도 알아내는 인간들이 번호는 왜 못 알아내?"

참고로 난 나이가 나보다 많아도 초면에 말 까는 인간한테 존대 안 해준다.

게다가 김현명의 나이는 37이다.

내가 에스테리앙 대륙에서 살아온 시절까지 더하면 엄밀히 말해 나보다 동생뻘이다.

한데 김현명도 그런 건 별로 신경 쓰지 않는 모양이었다.

그는 화를 내기는커녕 능구렁이처럼 웃으면서 대꾸했다.

"그냥 해본 말인데 그걸 말꼬리 물고 늘어지는 거 보니 너도 대인배 되기는 틀렸다, 인마. 하하하."

근데 이 자식들이 계속 요점은 말 안 하고 뭐하자는 거야?

"그래서 왜 찾아왔냐고."

그러자 김현명의 입에서 황당한 대답이 튀어나왔다.

"난 몰라."

"뭐?"

"밥 먹고 있는데 갑자기 나오라 그래서 나왔더니 여기로 왔거든."

순간 나머지 비욘더들이 멍찐 표정으로 김현명을 바라봤다. 세 쌍의 시선은 다시 자기들끼리 얽히고설켰다.

"김태리, 현명이 형한테 말 안 했어?"

정사윤이 김태리를 추궁했다.

"나는 다른 사람이 얘기한 줄 알았지."

김태리는 책임을 다른 사람 '전다경'에게 전가했다.

여태껏 가만히 있다가 갑자기 자신에게 불똥이 튀기자 전다경은 고개를 절레절레 저었다.

"바보들의 싸움에 나는 좀 빼주면 안 될까?"

"누가 바보야!"

"네가 바보야."

"하하, 바보 녀석들."

차례대로 김태리, 정사윤, 김현명의 말이었다.

전다경은 어깨를 으쓱하며 날 바라봤다.

자기는 질적으로 나머지 셋과 다르다는 듯한 제스처였다.

"이제 마지막으로 물어볼게. 왜 여기 찾아온 거야?"

김태리는 끽하면 나와 한판 붙을 태세로 노려봤고, 정사윤은 입 열기가 귀찮은 표정이었으며 김현명은 애초에 여기 왜 왔는지를 몰라 다른 사람만 바라봤다.

"에효, 그냥 내가 얘기할게."

결국 전다경이 나섰다.

여기 모인 넷 중 가장 정상적이고 노멀한 사고방식을 가진 여인으로 외모나, 풍겨지는 분위기가 하나같이 반듯했다.

심지어 눈 코 입은 물론 얼굴 형태도 완벽한 좌우대칭을 이룬다.

첫 만남을 가지는 순간부터 이 사람은 모나지 않았구나 하는 것이 느껴진다.

"요새 여태민과 아진 씨 사이에서 있었던 일로 전국이 떠들썩한 건 잘 알고 있을 거예요."

"아무렴."

"사람들의 여론은 그래요. 여태민을 칠왕에서 제하고 아진 씨를 칠왕의 자리에 앉혀야 하는 거 아니냐고."

"그것도 잘 알고 있죠."

"근데 그게 여론 따라가는 건 아니거든요."

"하고 싶은 말이 뭡니까?"

"여론에 휘말린 건 아니지만 우리도 내부적으로 고민이 많았거든요. 아진 씨를 칠왕으로 인정해야 하는지, 어떤지."

"요컨대… 그래서 테스트를 하러 왔다 이 말입니까?"

"테스트라고 하기에는 우리가 너무 건방져 보이고 그냥…
음……."

전다경이 머리를 긁적이다가 다른 비욘더들을 쳐다봤다. 뭐 적당한 단어 없느냐 묻는 그의 눈빛을 비욘더들은 전부 무시했다.

결국 그녀는 포기하고서 스스로 상황을 수습했다.

"네. 그냥 테스트라고 해두죠. 하지만 아진 씨를 칠왕으로 인정할지 말지에 대한 건 우리가 판단하지 않을 거예요."

"그럼 누가 판단합니까?"

"테스트 과정을 동영상으로 찍어 '비욘더 레이블(Beyonder Label)'에 올릴 거예요."

비욘더 레이블은 얼마 전 비욘더와 관련된 모든 인터넷 사이트를 통합해 탄생한 곳이다.

이 사이트는 국가기관에서 관리하고 있으며, 현재로서 국민들이 가장 신뢰하는 비욘더 관련 사이트이기도 하다.

"그리고 그 사이트 내에서 동영상을 본 회원들의 찬반 투표를 진행할 생각이에요."

"즉, 판단은 국민들이 한다?"

"맞아요."

그런 거라면 나도 납득할 수 있다.

사실 난 벌써부터 칠왕에 이름을 올렸으면 했다.

어떻게든 내 입지가 탄탄해져야 장관들을 구워삶는 것이 더 편하기 때문이다.

그리고 비욘더 레이블에 나를 테스트하는 동영상이 올라가는 순간 분명 찬반 투표는 찬성으로 끝을 맺게 될 걸 난 알고 있다.

무슨 테스트인지 모르겠으나 내가 그 테스트를 엉망으로 뭉개놓을 리도 없고, 혹여 뭉개놓는다 하더라도 장관들이 표를 조작해 날 칠왕의 자리에 앉게끔 할 것이니 말이다.

그들은 지금 날 어떻게든 잘 이용해서 꿀 빨아먹을 생각으로 가득 차 있거든.

지들이 함정에 빠진 줄은 꿈에도 모르고서.

아무튼 칠왕 중 네 명이 와서 내게 테스트를 제안하는데 거절한 이유가 없다.

"그 테스트 얼마든지 응하도록 하죠."

"테스트가 뭔지 아직 말 안 했는데 괜찮겠어요?"

"뭔데요?"

내 물음에 전다경이 미소 지었다.

"사윤이랑 사력을 다해서 붙어보는 거예요."

정사윤, 비욘더 랭킹 9위. 아이언 보디를 사용하는 피지컬 비욘더.

충분히 붙어볼 만하다.

"그러죠."

"얘기가 잘 통해서 좋네요."

전다경이 미소 지었다.

그러자 김태리가 콧방귀를 꼈다.

"통하기는 뭐가 통해. 앞뒤 꽉꽉 막혔더만."

"그거야 네가 발정 난 암고양이처럼 쉭쉭거리니까 그런 거지. 하하."

김현명이 또 김태리를 건드렸다.

이번에는 그녀도 참지 않고 김현명의 콧잔등을 머리로 들이받으려 했다.

하지만 김태리는 행동을 마무리 짓지 못했다.

갑자기 김현명의 코앞에서 몸이 굳어버렸기 때문이다.

아마도 김현명의 최면술에 당한 것이리라.

"너 이번이 벌써 세 번째 박치기야. 머리 좋은 사람이면 그런 행동이 의미 없다는 걸 옛적에 알았을 텐데. 하하."

"아으윽!"

김태리가 이를 악문 채 악을 질렀다.

"계속 할 거 아니지?"

"알았으니까, 빨리 이거 풀어!"

김현명이 고개를 끄덕이자 굳어 있던 그녀의 몸이 풀렸다.

김태리는 이를 빠드득 갈고서 김현명을 아예 등지고 섰다.

"자, 그럼 바보들의 투닥거림도 정리된 것 같으니까 자리를 옮길까요?"

전다경의 말에 바보라 불린 세 명이 그녀에게 곱지 않은 시선을 던졌다. 하지만 전다경은 신경도 쓰지 않았다.

"내가 늘 수련하는 곳이 있는데, 거기로 가시죠."

말을 마치며 정원에다 타조를 소환했다.

"우와~ 이렇게 보니까 진짜 크네. 근데 얼굴은 좀 멍청하게 생겼다, 너. 하하하."

"우르르르르!"

김현명의 난데없는 비난에 타조가 성을 냈다.

하여튼 저 인간은 웃으면서 남 까는 게 습관처럼 몸에 밴 모양인데, 다른 건 몰라도 내 앞에서 내 새끼들 까는 건 잠자코 못 있지.

난 대문 너머에 있는 칠왕들에게 말했다.

"들어와서 올라타세요."

"그 전에 문부터."

정사윤이 싱긋 웃으며 닫힌 대문을 가리켰다.

"무려 칠왕이나 되는 분들께서 대문 잠겼다고 정원으로 못 넘어온다고 하는 겁니까?"

내가 도발하자 가장 먼저 김태리가 씩씩대며 나섰다.

"너 거기서 딱 기다려. 당장 넘어가서 꿀밤 한 대 시원하게 먹여줄 테니까."

말과 동시에 김태리의 몸이 허공을 날았다.

그녀는 가볍게 대문을 넘어 내 앞에 착지했다. 그리고 예고 했던 대로 주먹을 휘둘렀다. 작지만 옹골찬 주먹이 정확히 내 정수리를 향해 날아들었다.

그러나.

빡!

그것은 타조의 부리에 가로막혔다.

"우루루루~!"

타조가 커다랗고 동그란 눈으로 김태리를 바라보며 고개를 저었다.

"우와, 이 새대가리. 지 주인 건드린다고 막아버리네."

이 여자도 그렇고 김현명도 그렇고 칠왕 중엔 인성이 박살 난 것들이 참 많다.

"김태리."

"언제 봤다고 남의 이름을 막 불러?"

"불쾌한 언행은 그쯤 해두지? 점점 재미없어지려 그러는데."

"해보자고?"

김태리가 깔보는 시선으로 입꼬리를 말아 올렸다.

그 순간 난 아공간을 열었고, 안에서 튀어나온 스케라 소드를 쥠과 동시에 발도하며 김태리에게 휘둘렀다.

*   *   *

예상치 못한 아진의 공격에 김태리는 적잖이 당황했다. 하지만 그녀가 고스톱을 쳐서 칠왕의 자리에 오른 건 아니다.

아진이 스케라 소드를 쥐는 순간 위험을 직감하고서 본능적으로 마법을 시전했다.

"어스 월(Earth Wall)!"

어스 월은 4클래스 땅 속성 보호 마법이다.

그의 입에서 시전어가 흘러나오자 지면이 밀가루 반죽처럼 물컹해지며 한 뭉텅이가 솟구쳤다. 그것은 곧 단단한 방패가 되었다.

카앙!

스케라 소드는 어스 월에 막혀 멈췄다.

"흥. 그까짓 잔재주……."

"그건 허수야!"

전다경의 다급한 음성이 우쭐대는 김태리의 귓전을 때렸다. 그제야 김태리의 시선에 묘한 미소를 머금고 있는 아진의 얼굴이 들어왔다.

무언가 잘못되었다고 느꼈을 때는 이미 늦어있었다.

"우르르!"

타조의 부리가 김태리의 정수리를 내려찍으려 했다.

이미 마법을 캐스팅하기엔 너무 늦었다.

그제야 김태리는 자신이 너무 자만했음을 깨달았다.

매지컬 비욘더들의 최고 단점이 바로 이것이다. 적의 타격 범위 밖에서 마법을 사용하면 무시무시한 딜러로서 군림할 수 있지만 몸을 사용하는 격투에는 약하다.

때문에 지금처럼 근접한 적을 상대하는 건 매지컬 비욘더로서 하지 말아야 할 행동이다.

기본 중에서도 기본인 사항이건만 김태리는 그것을 어겼다.

첫째, 아진을 너무 얕잡아봤고 둘째, 스스로 자만했으며 셋째, 여태껏 칠왕 앞에서 저토록 태연한 인간을 만나보지 못했었다.

누구든 칠왕이 찾아왔다고 하면 일단 기세에서부터 눌리는 게 일반적이었다.

하지만 아진은 전혀 눌리는 기색이 없었다.

때문에 김태리는 그것이 연기라고 생각했다.

기세가 눌려 버리면 지금 같은 돌발 상황이 벌어졌을 때 제대로 대처를 못 한다.

아울러 감히 칠왕이 꿀밤 한 대 때리겠다는데 그걸 죽기 살기로 피하려 들까 싶었다.

만에 하나 운 좋게 피한 뒤 반격을 가하더라도 적당한 선에서 그치겠지 하는 것이 그녀의 계산이었다.

그런데 아니었다.

타조의 부리는 정말로 머리를 쪼개 버릴 심산으로 내리꽂히고 있었다.

'뭐야, 저 인간.'

김태리는 인생이 끝날 수도 있는 짧은 시간 동안 그 생각밖에 들지 않았다.

루아진은 완전히 상식적인 범주를 벗어난 인간이었다.

'끝? 설마……'

이런 식으로 자신의 마지막이 결정되리라고는 생각한 적이 없었다.

그래서 믿을 수가 없었다.

하지만 타조의 부리는 사정없이 내려왔고 김태리가 끝끝내 현실을 부정하려 하던 그때였다.

쾅!

"우루루!"

대문을 넘어 번개처럼 달려든 정사윤이 타조의 부리를 옆에서 때렸다.

콰악!

갑작스러운 공격에 궤도가 틀어져 버린 타조의 부리는 결국 땅속에 박혔다.

정사윤이 이번에는 그런 타조의 목을 때리려 했다.

"봉인, 타조."

아진은 타조가 봉변을 당하기 전에 아공간으로 돌려보냈다.

조금 전까지 자신의 생명을 압박하던 존재가 사라지자 김태리는 화가 머리끝까지 치밀어 올랐다.

"너……!"

당장 또 다른 마법을 시전하려는 김태리의 입을 정사윤이 틀어막았다. 그러고는 루아진과 김태리, 둘을 번갈아 보며 말했다.

"시작은 태리 잘못. 그런데 그걸 심하게 받아친 루아진도 잘못. 그러니까 여기서 그만해, 둘 다."

"칫!"

김태리가 정사윤의 손을 거칠게 걷어냈다.

대문 밖에서 이를 지켜보던 전다경이 한숨을 푹 내쉬었다.

"태리야. 네가 이럴 때마다 하루에 1년씩은 늙는 기분이야."

"아, 몰라! 쟤 맘에 안 들어."

"피차 맘에 안 드는 건 마찬가지니까 성질 건드리지 않기로 하자고."

아진은 김태리의 투덜거림을 그냥 듣고 넘기지 않았다.

김태리가 사나운 시선을 던지자 아진이 피식 웃으며 한 마디를 더 얹었다.

"그렇게 노려볼 시간 있으면 후들거리는 다리부터 어떻게 하지그래?"

그제야 김태리는 자신이 엄청나게 떨고 있음을 인지했다.

치욕스러움을 느낀 김태리가 아무런 말도 못 하고서 입술을 꽉 깨물었다.

"어서 테스트를 끝내고 돌아가는 게 상책이지 싶다."

말을 하며 전다경이 대문으로 다가섰다. 그러자 대문의 철창이 양옆으로 크게 벌어졌다. 전다경의 능력은 공간 왜곡. 일시적으로 원하는 공간을 자기 마음대로 왜곡시킬 수가 있다.

그녀는 지금 대문의 공간을 왜곡시켜 철창을 구부러뜨린 것이다.

전다경이 벌어진 철창 사이로 걸어 들어왔다.

그러자 그 뒤를 김현명도 따라 들어오려 했다.

하지만 철창은 그 전에 다시 원래의 행태로 돌아왔다.

"어? 나도 들어갈 건데?"

김현명의 말에 전다경이 배시시 웃었다.

"이건 미러클 테이머가 개개인에게 내어준 과제잖아. 그러니까 스스로 들어와."

"못 할 것도 없지."

김현명이 루아진을 바라봤다.

그러자 김현명에게서 풍긴 기이한 기운이 아진의 몸을 친친 옭아맸고, 그의 정신 속으로 침투해 들어갔다.

물론 그 기운이라는 것은 눈에 보이지 않았다.

하지만 느낄 수는 있었다.

아진은 기분 나쁜 무언가가 자신의 뇌를 잠식하려는 것을 알았다.

'이건… 느껴본 적 있다.'

김현명은 최면술을 이용한다.

하지만 그 방식은 일반적인 최면술사들의 메커니즘과는 전혀 다르다.

김현명은 암시나 기술 따위를 이용하지 않는다.

오로지 비욘더가 되며 얻게 된 기운을 상대방에게 주입함으로써 최면을 걸 수 있다.

최면에 걸린 이는 한정된 시간 동안 김현명의 뜻에 따라 움직이는 인형이 되어버린다.

아진 역시 이대로 가다가는 김현명에게 제압당할 터였다.

그러나 그의 마음은 여유로웠다.

'바르반이 참 여러 가지를 가르쳐 주긴 했어.'

에스테리앙 대륙엔 이런 식의 힘을 이용하는 이들이 제법 있었다.

때문에 바르반은 그 기운에 대응하는 법을 아진에게 전수해 주었다.

아진은 그때의 기억을 떠올렸다.

"잘 들거라, 아르디엔. 네가 에스페란자 가문의 공식 후계자로
발표된 이상 어쩔 수 없이 주변에 적이 생길 것이란다. 어딜 가나
잘난 이들을 시기하는 이들이 존재하고, 그들은 잘난 이의 모든
것을 빼앗으려 들지. 그런 부류 중에서는 간혹 네 정신을 지배하
려는 사이한 종자도 있을 것이다. 놈들은 참으로 기이한 기운을
상대방에게 흘려 넣어 정신을 혼미하게 만든 뒤, 육신을 지배해
마음대로 조종하지."

지금의 김현명이 딱 그와 같은 격이었다.

'이 기운은 느끼기가 상당히 까다롭단다. 때문에 자기도 모
르게 걸려들어 조종당하는 경우가 생기지. 하지만 그 기운을
느끼게 되면 파훼하는 건 그리 어렵지 않단다.'

이후로 바르반은 사람의 정신을 지배하는 이들 중 바르반
과 우호 관계에 있던 '세피나르'라는 이를 데려왔다.

세피나르는 반년 동안, 하루에 열두 번씩 아진의 정신을 지
배했다. 물론 정신만 지배했을 뿐, 그 이상의 무언가를 하지는
않았다.

이는 아진이 이 기이한 기운을 느낄 수 있도록 해주기 위한
수업이었다.

아진은 반년이 지나서야 비로소 그 기운을 정확히 느끼게 되었다.

그에 바르반은 기운을 막아내는 방법을 알려주었다.

그 방법이라는 것은 실소가 터질 만큼 별게 없었다.

"포스로 밀어내거라."

기운을 느끼지 못할 때는 포스로 뭘 밀어내야 할지 알 수가 없다.

하지만 기운을 명확히 느끼게 되면 포스로 쉽게 밀어낼 수가 있었다.

아진은 몸 안의 포스를 일으켜 머릿속으로 밀고 들어오는 김현명의 기운을 밀어냈다.

그러자 김현명의 미간이 와락 구겨졌다.

"어?"

"왜 그래?"

김태리가 김현명에게 물었다.

그녀는 아진이 김현명의 인형이 될 것이라 믿어 의심치 않았다. 그런데 김현명의 얼굴을 보아하니 뭔가가 틀어진 모양이었다.

"이상한데."

김현명이 기운을 더욱 강하게 일으켰다.

아진은 불어난 기운만큼의 포스를 더해 그것을 밀어냈다.

"으음……."

김현명의 입에서 신음이 흘러나왔다.

아진은 그런 김현명을 보며 씩 웃었다.

"뭐 하고 있어? 뭔가 보여줄 듯 똥폼은 더럽게 잡더니."

"으으음……."

입을 앙다문 김현명의 이마에서 핏줄이 불뚝불뚝 돋아났다.

그가 자신의 모든 기운을 전부 일으켜 아진에게 쏟아부었다. 파도와도 같이 거대한 기운이 몰려들자 아진 역시 포스를 대거 끌어 올렸다.

콰아앙!

아진의 몸속에서 두 개의 기운이 부딪쳤다.

하지만 김현명이 사용하는 사이한 기운과 포스는 쥐와 고양이 같은 관계였다.

상성으로 따져봤을 때 포스가 사이한 기운을 완전히 잡아먹는다.

때문에 아진은 전력을 다한 김현명의 기운을 반절의 포스만으로 밀어내 버렸다.

"이런……."

김현명은 자신의 능력이 아진에게 먹히지 않음을 깨닫고 충격에 비틀거렸다. 최면술이 먹히지 않으면 그는 아진을 이길 수 없다.

"너… 7클래스냐?"

"아니, 6클래스."

"근데 어째서……."

지금까지 자신보다 같거나 낮은 클래스의 비욘더를 조종하지 못했던 적은 한 번도 없었다.

아진은 자신과 같은 6클래스다.

한데 김현명의 최면술이 전혀 통하지 않았다.

"왜? 최면술이 나한테는 무용지물인가 보지?"

"……."

김현명은 할 말을 잃었다.

그 모습을 보고는 아진이 고소하다는 듯 말했다.

"덩치는 산만 한 게 입은 가벼워서 아까는 계집애처럼 남의 속 긁는 얘기들만 조잘조잘 늘어놓더니, 지금은 벙어리라도 됐나 봐?"

"……."

"이렇게 되면 어떻게 되는 거야? 내가 서열 5위로 올라서는 건가? 누가 봐도 김현명을 밟았잖아."

아진의 물음에 나머지 세 비욘더는 어떤 대답도 내놓지 못했다.

사실 이런 상황은 누구도 예상하지 못했다.

넷 중에서 가장 침착하고 생각이 깊은 전다경의 계산에도 없었던 시나리오다.

그렇다 보니 대답이 궁해졌다.

"다들 왜 말이 없어? 나 좋을 대로 생각하라는 뜻인가? 그렇게 받아들여도 되겠어?"

그러자 김현명이 고개를 저으며 나섰다.

"이건… 내 개인적인 문제야. 내 힘이 네게 통하지 않았다고 해서 다른 칠왕들을 네가 이길 수 있다고 판단하는 건, 너무 유치한 논리 아니냐?"

말을 하면서도 김현명은 머쓱한지 계속 뒤통수를 긁적였다.

나름 논리 정연해 보이겠답시고 장난기 없이 그럴싸하게 혀를 놀렸으나 논리가 통하지 않는 건 답이 안 나오는 무논리다.

"나 원래 유치해."

바로 이런 거.

"윽!"

김현명이 아진의 무논리에 화들짝 놀라 질겁했다.

그에 다시 전다경이 나섰다.

"말장난 그만해요, 아진 씨."

"아, 다경 씨가 나섰으니 비로소 어른의 대화를 나눌 수 있겠네요."

아진은 말 한 마디로 다른 비욘더 셋을 어린아이로 만들어

버렸다.

"우선 태리랑 현명 오빠가 무례하게 굴었던 건 사과할게요. 악의는 없는데 원체 저런 태도가 몸에 배어버려서 종종 실수를 하곤 해요. …아니, 상당히 자주 실수를 하죠. 다만 상대방이 그런 태도에 대해 지적을 하는 경우가 거의 없으니 본인들도 고칠 마음이 들지 않아 저렇게 살아가는 것뿐이에요."

"내가 어떻게 살아가고 있는데!"

김현명은 가만히 있었지만, 김태리는 또다시 버럭 했다.

전다경이 그런 김태리를 무섭게 노려봤다.

"태리야. 경고하는데 한 번만 더 설치면 찢어버릴 거야."

갑작스레 전다경의 몸에서 살기가 흘러나왔다.

김태리는 그 살기에 놀라 저도 모르게 입을 닫고 뒤로 물러났다.

어지간해서는 화를 잘 내지 않는 김태리지만 한번 꼭지가 돌아가면 아무도 못 말린다.

바로 지금이 꼭지 돌기 바로 직전이었다.

김현명은 풀이 팍 죽은 김태리의 옆구리를 쿡 찌르고서 키득거렸다.

"내가 너 혼날 줄 알았다."

"닥쳐."

이제 김태리와 김현명은 아진과의 대화에 끼어들 자격을 잃었다.

둘 다 아진에게 당해 버린 데다 일을 꼬이게 만들었으니 입이 열 개라도 할 말이 없었다.

전다경은 오히려 이 편이 잘됐다 생각했다.

사실 애초에 저 둘을 데려온 것도 선대 칠왕들 사이에서 전해져 내려오는 일종의 규칙 때문이었다.

새로운 칠왕을 뽑을 때는 반드시 네 명 이상의 칠왕이 함께 움직여 테스트를 해봐야 한다는 것이 깨뜨려서는 안 되는 규칙 중 하나였다.

이는 공정성을 위한 것도 있지만, 칠왕에 들 만한 재목인 비욘더가 혹 악한 마음을 먹고서 홀로 테스트하러 간 칠왕 중 한 명에게 해를 가하려 할 경우를 대비한 방책이기도 했다.

마지막으로 넷 이상이 함께 움직여야 하는 이유가 하나 더 있다.

일대일의 대결을 펼치는 테스트를 진행할 때, 둘 중 누군가가 흥분해서 상대방을 해할 수도 있는 일이다.

그런 경우 테스트를 지켜보던 나머지 비욘더들이 개입해 전투를 강제 중단시킨다.

"우선은 장소를 옮기도록 해요."

"테스트 한번 하러 가기 더럽게 힘드네요. 그렇죠?"

"이제 저 둘도 괜히 시비 거는 일 없을 거예요."

"알았어요. 소환, 타조."

아진이 다시 타조를 소환했다.

그가 타조의 등에 올라타 다른 비욘더들에게 올라오라 손
짓했다.

전다경과 정사윤이 먼저 타조 위에 올라탔다.

김태리는 영 내키지 않는다는 얼굴로 어쩔 수 없이 걸음을
옮겼다.

그녀가 타조에게 다가오자 타조는 경계하는 시선을 보냈
다.

"그렇게 쳐다보면 어쩔 건데?"

김태리가 또다시 날을 세웠다.

김현명이 그런 김태리의 몸을 조종했다.

"어어어? 하, 하지 마!"

"너 얌전히 태우려면 이게 가장 빨라."

김태리는 김현명의 최면술에 당해, 그녀의 의지와는 상관없
이 타조의 등에 타야 했다.

마지막으로 김현명까지 오르고 나서 타조는 힘차게 날갯짓
을 했다.

*　　　*　　　*

수련 장소에 도착하자마자 전다경은 테스트를 진행했다.

"아진 씨, 사윤이. 두 사람, 앞으로 나와주세요."

루아진과 정사윤은 공터 중앙에서 서로를 마주 보고 섰다.

"테스트 내용은 앞서 말했듯이 간단해요. 서로 대련을 하는 겁니다. 전력을 다해 싸우되 상대방의 목숨을 해하는 건 안 돼요. 그런 상황이 벌어질 것 같을 때는 우리들이 개입해서 전투를 중단시킬 거예요. 이해됐죠?"

"단순하네요. 소환, 몬스터 군단."

아진의 말에 몬스터 120마리가 일제히 소환되었다.

"토톳!"

"라라랑~!"

"뀨웃!"

"휴르르르르~"

"듀라란~"

아진의 주변으로 소환된 몬스터들이 저마다의 울음소리를 터뜨리며 포효했다.

그 광경을 바라보던 정사윤이 너털웃음을 터뜨렸다.

"갑자기 자신이 없어지는데."

"사윤아! 죽이지는 말고, 반 죽여!"

김태리가 주먹을 불끈 쥐고 정사윤을 응원했다. 하지만 전다경이 눈총을 맞고 다시 입을 다물었다.

"그럼……."

전다경이 오른손을 앞으로 죽 내밀었다가.

"시작!"

위로 높이 들어 올리며 뒤로 빠졌다.

동시에 정사윤이 아이언 보디의 능력을 사용하며 발을 굴렀다.

콰앙!

마치 제트기가 지나가는 것 같은 착각이 일 만큼 엄청난 풍압이 일었다.

동시에 정사윤의 몸이 아진에게 튀어 나갔다.

'초음속!'

아진은 정사윤의 스피드에 감탄했다. 하지만 그의 주먹에 맞아줄 생각은 추호도 없었다.

눈 깜짝할 새 아진의 코앞에 당도한 정사윤이 주먹을 내질렀다.

다리만큼 주먹도 빨랐다.

'잡았다!'

정사윤은 아진을 제압했다고 생각했다.

아진이 대단한 건 맞지만 그것은 테이머로서의 능력일 뿐이다.

육신의 능력은 자신을 따라오지 못한다.

아무리 정사윤이 대단하다 하더라도 궁극 성장을 해버린 몬스터 120마리를 상대로는 확실히 이길 자신이 없었다.

해서 일격필살을 노렸고, 그게 먹혀 들어갔다.

한데 그때.

"냐우~"

고양이 울음소리와 함께 아진의 모습이 사라졌다.

"응?"

사라진 아진은 30미터나 떨어진 곳에서 다시 나타났다.

시크냥의 공간이동 능력이었다.

"그렇게 나오면 나도 이렇게 대응해 줘야지. 에스페란자!"

아진이 에스페란자의 이름을 외치며 아공간을 열었다. 검은 아공간 속에서 은빛의 실 수천 가닥이 흘러나와 아진의 몸을 감싸 안았다.

"전신 갑주!"

그 광경을 지켜보던 김태리가 소리쳤다.

"이야, 큰일이네."

정사윤도 에스페란자에 대해서 익히 알고 있었다.

아진이 그것을 걸치면 육체의 능력이 몇 배 이상 강해진다.

그리되면 자신에게는 승산이 거의 없었다.

"그냥 둬선 안 되겠다."

로봇이나 타이즈 입는 영웅이 나오는 히어로물을 보면 변신하거나 합체할 때는 건드리는 게 아니라고 배운 정사윤이다. 그러나 지금은 가만있을 수가 없었다.

정사윤의 발이 바닥을 박찼다.

콰앙!

또다시 매서운 풍압이 일었고 정사윤은 몬스터 무리의 사이를 가로질렀다.

그의 움직임이 워낙에 빨랐던지라 몬스터들은 그를 막을 생각도 못 했다.

정사윤이 아직 갑주를 장착하고 있던 아진의 앞에 도달했다. 이어 바로 주먹을 뻗었다.

슉―!

주먹에 밀린 바람이 먼저 아진의 얼굴을 때렸다.

쾅!

'윽!'

그것만으로도 골이 울리는 기분이었다.

한데 진짜 주먹에 얻어맞으면 그대로 기절할 게 분명했다.

'안 돼!'

위기에 몰린 아진이 이를 악물었다.

순간.

콰아아앙!

정사윤의 주먹이 아진의 얼굴을 정확히 때렸다.

아니, 그런 줄 알았다.

한데 아진의 얼굴과 정사윤의 주먹 사이를 연보랏빛의 어떤 생명체 하나가 가로막고 '떠' 있었다.

샤오샤오였다.

"어라? 뭐야?"

정사윤이 당황해서 혼잣말을 흘렸다가 다시 주먹을 내질렀다. 이번에는 아진의 명치 쪽을 노렸다.

콰앙!

하지만 결과는 마찬가지였다.

번개처럼 허공에서 몸을 움직인 샤오샤오가 그의 주먹을 손가락 하나로 막아버렸다.

"어?"

정사윤이 황당하고 기가 막혀서 저도 모르게 피식 웃었다. 이를 본 샤오샤오가 질겁하며 소리쳤다.

"샤아아아아아아아!(왜 웃는 거야, 부끄럽게에에에에!)"

샤오샤오는 저도 모르게 정사윤의 주먹을 자신의 조막만 한 주먹으로 때렸다.

콰아아아앙!

"억?!"

정사윤의 주먹에서 시작된 충격이 전신으로 퍼져 나가는 순간, 그는 어마어마한 쇳덩이가 온몸을 후려치는 듯한 충격을 받았다.

그리고 뒤로 무섭게 날아갔다.

쐐애애액! 퍽! 와그작! 쾅! 쿠당탕! 뻐억!

정사윤은 몸으로 나무 기둥 다섯 개를 부러뜨리고 나서야 겨우 멈춰 바닥에 널브러졌다.

"……."

"……."

"······."

세 명의 비욘더가 눈알이 튀어나올 듯 눈을 부릅뜨고서 뻗어버린 정사윤을 바라봤다.

"사윤아······?"

김태리가 조심스럽게 정사윤을 불렀다.

그러나 돌아오는 반응이 없었다.

정사윤은 큰대자로 뻗어 손가락 하나 까딱하지 않았다.

전다경이 후다닥 그에게 다가가 호흡을 확인했다. 다행히 숨은 쉬고 있었다. 기절한 것뿐이다. 하지만 사지의 뼈가 전부 부러졌고, 늑골도 몇 대 나간 것 같았다.

중상을 입었다.

전다경이 얼른 힐링 포션 두 개를 꺼내 그에게 먹였다.

그러고는 김현명에게 정사윤을 부탁했다.

김현명이 정사윤을 안아 들고서 김태리에게 다가와 바닥에 내려놓았다.

정사윤의 몸은 힐링 포션 덕분에 고쳐졌지만 정신은 돌아올 줄을 몰랐다.

그때쯤 에스페란자를 완벽히 장착한 아진은 또 다른 사실 하나에 놀라고 있었다.

"샤오샤오 너······."

"샤아?"

"날고 있네?"

"샤오아?!"

샤오샤오는 그제야 자신이 날고 있다는 걸 깨닫더니 어쩔 줄 몰랐다.

"샤, 샤아아아!(뭐야 이거? 부끄러워!)"

샤오샤오가 얼굴을 붉히고서는 얼른 아진의 어깨에 매달려서 바들바들 떨었다.

그런 샤오샤오를 보면서 아진이 피식 웃었다.

"너도 참 한결같다. 부끄러워하는 것도, 사람 놀래키는 것도."

"사람 놀래키는 재주는 아진 씨가 더한 것 같네요."

전다경의 말이었다.

아진의 고개가 전다경에게 돌아갔다. 여태껏 침착했던 그녀의 얼굴이 상당히 상기되어 있었다.

전다경은 진심으로 놀랐다.

'대체 저 몬스터는 뭐지?'

샤오샤오에 대한 정보는 사람들에게 도통 퍼지지를 않았다.

그래서 전다경을 비롯한 그 자리에 있던 모든 이들은 샤오샤오를 알지 못했다.

그저 다른 몬스터들만 신경 썼고, 정사윤도 그랬다.

한데 안중에도 없던 샤오샤오가 공중 부양을 해서 정사윤의 주먹을 우습게 막아내더니 일격으로 그를 전투 불능에 빠지게 했다.

　전다경은 어쩌면 생각했던 것보다 일이 더 커질 것 같은 불길한 예감을 감지했다.

　"끝난 것 같은데."

　자기만의 생각 속에 깊이 빠져 있던 전다경의 정신을 나직이 들려온 아진의 음성이 끌어 올렸다.

　"네, 그런 것 같네요."

　전다경은 결과를 순순히 인정했다.

　누가 봐도 명백하게 아진이 이긴 싸움이었다.

　이 경우 정사윤은 랭킹 10위로 내려가고 루아진이 9위 자리를 가져가게 된다.

　한데 문제는 비욘더 랭킹 9위 정사윤이 너무 쉽게 패배했다는 것이다.

　게다가 둘이 싸우는 장면은 고스란히 녹화한 상태다.

　만약 이 영상을 비욘더 레이블에 올리면 아진을 칠왕의 자리에 앉힐 만한지에 대한 찬반 투표는 의미가 없어져 버린다.

　영상을 접한 이들은 필시, 아진의 제대로 된 능력을 재평가하라 요구할 것이 분명하다.

　'어차피 한 번은 치러야 할 일이야.'

　전다경이 생각을 정리하고서 말을 이었다.

　"솔직히 얘기해서 아진 씨의 힘에 놀랐어요. 이 정도일 줄은 몰랐네요."

"엄밀히 따지자면 이 녀석의 힘이죠."

아진이 샤오샤오의 머리를 쓰다듬었다.

"하지만 그것 역시 아진 씨가 가진 테이밍 능력으로 얻게 된 거죠. 그러니 아진 씨의 힘이라고 할 수 있어요."

"맞아요. 그것도 맞는 얘기지. 그래서 이제 어떻게 할 겁니까?"

"말씀드렸듯이 녹화 영상을 비욘더 레이블에 업로드할 거예요. 하지만 이대로는 영상을 보는 사람들이 납득하지 못할 부분이 많을 거 같아요."

전다경이 무엇을 염려하는지 아진은 알고 있었다.

"아무래도 그렇겠죠. 정사윤을 단숨에 작살냈으니. 게다가 김현명의 힘 역시 내게는 먹히지 않았고. 그럼 이번엔 저 암고양이랑 한판 붙으면 되나요?"

아진이 대놓고 김태리를 도발했다.

정사윤을 간호하고 있던 김태리가 눈을 희번덕거리며 앞으로 나섰다.

"그거 듣던 중 반가운 소리네. 안 그래도 찝찝하던 참인데."

"왜? 내가 확실하게 밟아주지 않아서?"

"두 번 다시 날 이기는 기적을 바라지 않는 게 좋을 거야. 이젠 방심하지 않을 거거든."

"그런 말 하고 나서 깨지면 더 쪽팔릴 텐데."

"닥치고 덤벼, 고딩."

"나 여자라고 안 봐줘."

"잠깐만."

두 사람이 막 맞붙으려 할 때, 전다경이 끼어들었다.

"둘 다 그렇게 감정적으로 나오면 테스트를 진행할 수 없어요. 감정이 격해질 경우 힘 조절을 못 해 상대방을 위험한 상황까지 몰고 갈 수 있기 때문에……"

아직 전다경의 말이 다 끝나기도 전에, 김태리가 그녀의 말을 끊었다.

"응? 내가? 감정적이었다니, 언제? 나 아무렇지도 않아. 봐봐, 웃고 있잖아?"

"나도 기분 괜찮아요. 말투가 원래 공격적인 것뿐입니다."

아진도 김태리의 말을 거들었다.

전다경이 그런 두 사람을 보고서 고개를 절레절레 저었다.

'뭐라고 해도 한판 붙기 전에는 끝나지 않겠네.'

어차피 두 사람을 붙여야 하는 상황이기는 하다.

전다경은 김현명에게 귓속말을 했다.

"만약의 경우 최면술로 태리를 막아줘. 나는 아진을 책임질 테니."

김현명이 작게 고개를 끄덕였다.

전다경은 다시 스마트폰을 꺼내 녹화 버튼을 눌렀다.

"두 사람 마주 보고 서세요."

김태리가 앞으로 나가 아진과 적당한 거리를 두고 섰다.

"그럼 미러클 테이머 루아진의 두 번째 테스트를 시작합니다. 시작!"

전다경이 신호를 주자마자 김태리가 마법을 시전했다.

"기가 라이트닝(Giga Lightning)!"

그녀가 앙칼진 음성으로 시전어를 외치자 하늘에서 번개 다발이 내리쳤다.

번쩍! 콰르르르릉! 콰르릉!

소나기처럼 퍼부어진 번개 다발은 아진을 중심으로 반경 10미터가량의 대지를 작살냈다. 그리고 번개 다발의 유효 범위엔 아진이 소환한 펫들이 전부 들어와 있었다.

만약 별다른 대비 없이 얻어맞았다면 낮은 레벨의 몬스터는 몰살이요, 고레벨 몬스터들도 무사하진 못할 터였다.

우르르르릉!

대지가 몸살을 앓았다.

지진이라도 난 듯 어마어마한 떨림이 공터를 뒤흔들었다.

한바탕 난리가 지나가고 겨우 진정이 된 땅 위에는 아무것도 존재치 않았다.

아진도, 몬스터도 없었다.

하지만 김태리는 불쾌함에 이를 앙다물었다.

아진과 펫들이 죽어버렸다면 응당 있어야 할 시체가 전혀 보이지 않았다.

피 한 방울 흘린 흔적조차 없었다.

아진은 마법이 시전되는 순간 펫들을 아공간으로 돌려보냈다. 동시에 자신은 빠르게 자리를 피했다. 에스페란자의 육체 능력을 5단계로 끌어 올리니 번개가 내리치기 전에 움직이는 것이 가능했다.

'어디지?'

김태리가 아진의 모습을 찾으며 보호 마법을 전개했다.

"매직 실드(Magic Shield)! 스틸 스킨(Steel Skin)! 링 오브 파이어(Ring Of Fire)!"

동시 시전한 세 개의 마법 모두 6클래스급이었다.

매직 실드가 시전되며 그녀의 몸 주변에 무형의 보호막이 형성됐다. 스틸 스킨은 김태리의 몸을 강철처럼 단단하게 만들었다. 마지막으로 링 오브 파이어는 그녀의 몸 주변에 둥근 원의 불꽃 15개를 만들어냈다.

쇳덩이도 단숨에 녹여 버리는 원의 불꽃들은 적당한 간격을 두고 그녀의 머리부터 발끝까지 에워쌌다.

이 정도면 아진의 공격 몇 번쯤은 받아낼 수 있을 터였다.

그녀의 시선이 빠르게 아진을 찾았다.

"나 찾아?"

뒤에서 들려오는 음성!

김태리는 돌아보지도 않고 즉각 공격 마법을 시전했다.

"파이어 필드(Fire Field)!"

화르르르륵!

김태리의 뒤편에서 거대한 불길이 솟구쳤다.

하지만 아진은 그때 이미 거기에 없었다. 김태리가 시전어를 내뱉는 타이밍에 앞으로 달려 나갔다. 총알처럼 튀어나간 아진은 불꽃의 고리를 무시하고 김태리의 등을 어깨로 들이받았다.

콰앙!

"컥!"

김태리의 몸이 활처럼 휘었다.

그녀의 쩍 벌어진 입에서 피가 튀어나왔다.

'어떻게……?'

몹쓸 고통이 전신을 휘젓는 와중에도 김태리의 머릿속엔 의문이 떠올랐다.

링 오브 파이어와 매직 실드, 스틸 스킨으로 몸을 세 번이나 보호했다.

그런데 아진은 아무렇지 않게 자신을 공격했다.

그녀는 아진의 전신 갑주가 어떻게 만들어진 것인지 모른다.

에스페란자는 다이아몬드보다 단단하다. 링 오브 파이어는 쇳덩이도 우습게 녹이지만, 에스페란자을 막아내기엔 역부족이었다.

스틸 스킨과 매직 실드는 육체 강화 5단계의 버프 효과로 간단히 무시했다.

아진이 링 오브 파이어를 무시하고 무지막지한 힘으로 들이받는 순간 매직 실드는 허무하게 깨졌다.

강철 피부는 아진의 힘을 밀어내지 못했다. 엄청난 파괴력은 피부 너머 오장육부를 건드렸다.

동시에 골이 흔들렸다.

김태리의 시야가 이중 삼중으로 겹쳐 보였다.

그때였다.

콰앙!

아진의 주먹이 이미 쓰러지고 있던 김태리의 후두부를 강타했다.

"……!"

김태리는 비명도 지르지 못하고서 땅에 처박혔다.

털퍽!

그리고 그대로 기절했다.

아진은 육체 강화를 2단계로 내리고서 손을 탁탁 털었다.

"끝났네?"

그의 시선이 전다경에게 향했다.

전다경은 짧은 시간, 눈앞에서 벌어진 상황에 할 말을 잃었다.

'보이지도 않았어.'

그녀의 동체 시력으로는 아진의 움직임을 도저히 포착할 수가 없었다.

앗! 하는 사이에 김태리가 기절했고, 전투는 끝났다.

"빨리빨리 진행합시다. 다음은 그쪽이랑 붙으면 됩니까?"

아진이 전다경에게 물었다.

전다경은 넋을 놓고 있다가 다급히 정신을 차리고서 고개를 저었다.

"아니, 그럴 필요 없을 것 같아요."

"하하. 너 겁 먹은 거야? 갑자기 쫄보가 되어버린 모양이네?"

김현명이 전다경을 자극했다.

하지만 전다경은 김현명에게 휘둘리지 않았다.

그저 담담히 자신의 심경을 솔직하게 얘기했다.

"응. 솔직히 겁이 나. 내가 어떻게 할 수 없는… 내 능력 밖의 사람이야, 아진 씨는."

그러자 오히려 당황한 쪽은 놀렸던 김현명이었다.

"…진심이냐?"

"내가 헛소리하는 거 봤어? 나 농담 따먹기도 싫어해."

"으음."

김현명은 할 말이 궁해져 애꿎은 머리만 긁적였다.

전다경은 아진에게 가까이 다가갔다.

"우리 눈 보고 이야기할까요?"

"그러죠. 봉인, 에스페란자."

아진이 에스페란자를 벗었다.

전신 갑주는 수천 가닥의 은색 실로 풀어 헤쳐졌다. 이윽고 아진의 등 뒤에서 다시 뭉치더니 방패의 형태가 되었다.

이를 본 전다경의 눈이 이채를 띄었다.

"참 탐나는 갑옷이네요. 아니, 방패라고 해야 하나요?"

"갑옷이 맞아요."

"그런 건 어디서 구했죠?"

"만들었습니다. 근데 우리 이런 것보다 더 중요한 얘기를 나눠야 하지 않을까 싶은데요."

"미안해요. 주제가 엇나갔네요. 저는 아진 씨를 테스트할 마음이 없어요."

"싸우지 않겠다는 얘깁니까?"

"네. 이미 결과가 불 보듯 뻔해요. 전 아진 씨를 이길 수 없어요."

"그럼 어떻게 되는 거죠? 난 이미 정사윤이랑 암고양이를 이겼고, 김현명의 능력도 나한테는 통하지 않는 데다가 그쪽은 스스로 기브 업."

"우선은 동영상을 비욘더 레이블에 올릴 거예요. 아울러 아진 씨를 테스트하는 현장에 동행한 우리들의 입장도 표명할 거구요. 특히 김현명의 능력이 통하지 않았던 부분, 그리고 제가 아진 씨와 싸워보지도 않고 테스트를 포기한 부분에 대해서 명확히 전할 거예요."

아진이 고개를 끄덕였다.

그 정도로 신경을 쓰겠다면 전다경과 싸우지 않은 일이 찝찝함으로 남진 않을 듯했다.

"좋아요. 이후의 일은 다경 씨한테 맡기죠. 아, 그런데 투표 안건은 바뀌어야 할 것 같네요."

"거기까지도 생각하고 있었어요. 단순히 아진 씨를 칠왕으로 받아들이냐 마느냐 하는 문제는 이미 의미가 없어요. 이렇게까지 압도적인 무위를 자랑하는데 칠왕으로 인정하지 않는다면 지탄받아 마땅한 결정이겠죠. 우리는 아진 씨를 서열 몇 위로 인정해야 하는지에 대한 안건을 걸고 투표를 진행할 거예요."

말을 하며 전다경은 생각했다.

'이미 답은 정해져 있겠지만.'

이미 그녀의 눈엔 투표 결과가 빤히 보였다.

사람들은 아진을 서열 5위에 앉히라고 할 것이다. 결과를 알면서도 투표를 해야 하는 이유는 공정성과 역대 칠왕들의 불문율 때문이다.

모든 칠왕이 이런 과정을 거쳐서 선정되었다.

아진도 그 과정을 형식적이게나마 거쳐야 했다.

만약 아진이 서열 5위에 이름을 올리게 된다면 거기까지는 문제 될 게 없었다.

칠왕 내부적으로 소음이 있겠지만 전다경이 조금씩 케어하면 시간이 해결해 줄 일이다.

진짜 문제는 다른 데에 있었다.

비욘더 레이블에서 아진의 테스트 영상을 본 사람들은 분명 그를 서열 4위이자 칠왕의 우두머리 격인 '진공참(眞空斬) 서리안과 싸움 붙이려 할 것이다.

아진이 서열 5위의 비욘더까지 너무 쉽게 제압해 버렸으니 충분히 예상 가능한 반응이다.

'내가 일반인이었더라도 궁금할 거야. 둘 중 누가 더 강한지.'

전다경은 내심 아진과 서리안을 비교해 봤다.

팔은 안으로 굽는다고 냉정한 그녀 역시도 더욱 친분이 있는 서리안을 응원하고 싶었다.

하지만 머리는 계속 아진이 우세할 것이라 판단하고 있었다.

아무튼 그것은 그때 가서 생각할 일이다.

아진을 찾아온 목적은 달성했다.

"투표 결과는 테스트 영상 업로드 후 일주일 후에 나올 거예요."

"그 정도는 나도 알고 있습니다."

전다경의 설명에 아진이 어깨를 으쓱했다.

"그럼 우리는 이만 가볼게요."

"그러세요."

아진이 미련 없이 전다경에게 손을 흔들었다.

그녀가 고개를 꾸벅 숙여 작별 인사를 하고서는 다른 일행들을 살폈다.

정사윤은 여전히 기절 상태였다.

김태리는 아진에게 두들겨 맞아 엉망이 되었다. 그런 그녀에게 김현명이 다가가 힐링 포션을 복용시키는 중이었다.

전다경은 몸 상태가 회복된 김태리를 등에 업었다. 김현명은 정사윤을 안아 들었다.

그런 그들에게 아진이 물었다.

"산에서 내려가려면 제법 걸릴 텐데 타조로 태워다 드릴까요?"

"오~ 그래주면 고맙지."

김현명이 속도 없이 활짝 웃었다.

그런 그의 옆구리를 전다경이 쿡 찔렀다.

"왜 그래?"

"우리끼리 내려가자."

아진 한 명에게 네 사람이 대판 깨져 버린 와중이다.

그런데 그의 도움까지 받아버리면 기분이 영 좋지 않을 게 뻔했다.

"쉽게 쉽게 좀 살아야 될 필요가 있어, 너는. 너무 고지식하면 남자들이 안 좋아한다?"

김현명이 또 욕 들어먹을 말을 내뱉었지만 전다경은 대꾸할 힘도 없었다. 마음이 너무 심란했다.

"그럼, 조심히들 내려가세요. 소환, 타조."

"우르르!"

아진은 소환된 타조를 타고 숲속 공터를 떠났다.

그의 뒷모습을 바라보는 전다경의 두 눈에 복잡한 심경이
고스란히 담겨 있었다.

                    *   *   *

비욘더 레이블에 올라온 하나의 동영상이 한국을 뒤흔들어
놨다. 동영상의 게시자는 칠왕 중 한 명인 전다경이었다. 안에
담긴 내용은 아진을 테스트하는 것이었다. 그가 칠왕으로서
의 자격이 있는지 없는지를 말이다.

아니, 원래 취지는 그러했으나 지금은 한참 벗어났다.

동영상을 본 이들은 아진에게 칠왕으로서의 자격이 충분하
다고 생각했다. 충분하다 못해 넘칠 지경이었다.

아진을 테스트했던 정사윤과 김태리가 제대로 싸워보지도
못하고 무너졌다.

둘 다 한국 비욘더 서열 10위 안에 이름을 올린 칠왕들이
다. 어중이떠중이가 아니다.

그런데 아진은 그런 두 사람을 마치 어린애 다루듯 했다.
힘의 차이가 너무나 명확히 드러났다. 거인과 난쟁이의 싸움
이었다.

그것만 해도 놀랄 일이다.

서열 51위 비욘더가 칠왕 둘을 간단히 제압했다는 건 대사건이다. 한데 동영상에는 사족이 달려 있었다.

―동영상의 게시자 전다경입니다. 영상에는 존재치 않지만 김현명의 능력은 미러클 테이머에게 통하지 않았고, 저 역시 그의 상대가 되지 않겠다고 판단하여 테스트를 포기했습니다. 그를 테스트하러 갔던 네 명의 비욘더 김현명, 김태리, 정사윤을 비롯한 본인 전다경은 모두 미러클 테이머에게 패배했음을 알려 드립니다.

천지가 개벽할 일이었다.

세상은 몬스터가 등장하면서부터 모든 것이 바뀌었다. 사람들이 최고의 가치로 생각하며 향유해 오던 것들은 의미가 없어졌다.

인류의 생존.

그것만이 전 인류 공공의 목표이자 최고의 가치가 되었다. 디멘션 임팩트 이후 등장한 비욘더들에게 시선이 집중되는 건 당연한 일이었다.

지금은 남녀노소 할 것 없이 비욘더에 대한 관심이 지대하다.

어떤 대통령이 당선되느냐 하는 것보다 얼마나 강한 비욘더가 새로 등장했는지에 더욱 관심이 쏠린다.

때문에 한국에서 미러클 테이머의 이름을 모르는 이는 아무도 없었다.

루아진의 등장과 짧은 시간 동안 보여준 그의 행보는 그야말로 경악 그 자체였다.

최단 시간 5인의 초신성에 이름을 올렸고, 얼마 안 있어 비욘더 서열 100위 안에 들어갔다.

그런데 이번에는 칠왕 넷을 이겨 버렸다.

여태껏 전례가 없던 일이다.

천지가 개벽할 만큼의 큰 사건이라는 표현은 과장이 아니었다. 오히려 이런 시대를 살아가는 사람들의 입장에서는 그마저도 부족한 감이 있을 정도였다.

*   *   *

서울 강남은 디멘션 임팩트가 일어난 이후에도 여전히 비싼 땅값을 유지하고 있었다.

강남권 안에서도 가장 돈이 많다는 이들만 들어오는 마리스 오피스텔.

그 건물에 자신의 부를 적절히 활용하려는 다른 부자들과 달리 주변 사람들의 등쌀에 휩쓸려 정착한 인물이 있었다.

통장에 쌓인 돈은 많은데 당최 사용할 줄은 모르는 이였다.

옷도 다 헤진 것을 걸쳐 입고, 밥도 저택에서 가까운 국밥집이나 백반집을 애용했다.

어지간하면 집에서 잘 나오지 않아 2년 전까지는 자동차도 없었다.

게다가 꽃미남이라는 수식어가 딱 어울리는 얼굴에 모델 같은 몸매가 있음에도 가꾸거나 꾸밀 줄을 몰랐다.

미용에 발톱의 때만큼도 관심이 없건만 그 미모가 유지되는 것 자체가 기적이었다.

사치와 향락. 그런 단어와는 정말로 거리가 먼 이 미남자의 취미는 집에서 혼자 비디오게임을 하거나 영화를 보는 것이었다. 만화책과 애니메이션도 즐긴다.

어디 회사에 취직한 것도 아닌지라 하루 중 대부분을 개인 취미 활동을 하는 데 투자한다.

그렇다 보니 집구석에서 나올 일이 없었다.

하고 다니는 행색만 보면 일자리 없는 청년 백수가 딱이었다.

그럼에도 마리스 오피스텔에서 부담 없이 엉덩이를 비빌 수 있는 이유는 그의 직업이 비욘더였기 때문이다.

현 한국 비욘더 전국 서열 4위이자 칠왕의 리더, 진공참 서리안이 바로 그였다.

"쿠우우. 쿠우우."

서리안은 멀쩡한 침대를 놔두고 소파에 드러누워 꿀잠에

빠져 있었다.

이미 동이 튼 지도 한참이 지난 시간.

전날 밤새도록 게임을 하다가 그대로 잠이 들어버린 것이다.

명색이 대한민국 상위 10퍼센트의 부자들만 입주하는 오피스텔인데 내부에 들어선 가구는 단출했다.

침대와 소파, 텔레비전이 전부였다.

냉장고와 밥통 같은 식기구는 전혀 찾아볼 수가 없었다.

그나마도 서리안을 이곳에 밀어 넣은 친구들이 강요해서 산 것들이었다.

나머지 물건은 필요 없었다.

어차피 풀 옵션이라 생활에 필요한 것들은 다 있었다.

"쿠우우. 쿠우우."

휑한 오피스텔 안에 서리안이 코 고는 소리만 울렸다.

지이이이잉— 지이이이잉—

"으음?"

서리안은 갑자기 울린 진동음에 부스스 눈을 떴다. 테이블에 놓인 스마트폰을 들었다. 발신인은 전다경이었다.

"응… 다경아."

—잤어?

"우웅."

—지금 그럴 때가 아니야. 비욘더 레이블 접속해 봐.

"응… 이따가."

─지. 금.

스마트폰 너머로 들려오는 전다경의 목소리가 딱딱해졌다. 그에 서리안의 정신이 번쩍 들었다.

그녀가 이런 식으로 나올 때는 정말로 큰일이 있는 것이다.

사실 큰일이 났다는 인지가 들어서라기보단, 전다경이 화내는 것 자체를 서리안은 무서워했다.

전다경의 입에서는 옳은 말, 바른 말만 나온다.

때문에 옳고 바른 생활과는 거리가 먼 서리안은 자주 그녀에게 혼이 났다.

그녀가 작정하고 꾸중을 하면 서리안은 고양이 앞의 쥐 꼴이 된다.

도저히 논리로 그녀를 이길 수 없기 때문이다.

벌떡.

서리안이 몸을 일으켰다.

"알았어, 지금 확인할게. 하아암~"

─삼십 분 내로 다시 연락 줘.

"응."

통화가 끝나자마자 서리안은 스마트폰으로 비욘더 레이블에 접속했다.

그리고 전다경이 올린 영상을 확인했다.

10분 정도의 영상을 다 감상한 서리안의 입꼬리가 슬며시

말려 올라갔다.

"미러클 테이머, 루아진… 재미있네?"

아진에 대해서는 서리안도 잘 알고 있었다.

하루가 멀다 하고 사방에서 그에 대해 떠들어대는 판이다. 세상 돌아가는 일에 관심이 없는 서리안의 귀에도 그의 이름이 들어왔다. 그런데 딱 거기까지였다.

서리안은 루아진이 자신과 엮이게 될 가능성은 낮을 것이라 여겼다.

서열 100위 안에 이름을 올리는 비욘더는 생각 외로 많다.

그래서 그 순위가 하루에 몇 번씩 바뀌는 경우가 허다하다.

하지만 칠왕과 삼황의 영역은 한 세대에 많아야 두세 번 정도 물갈이가 된다.

천재적 재능을 가지고 태어나 죽을 만큼 노력한 이들만 올라설 수 있는 경지인 것이다.

물론 예외도 있었다.

서리안이 그 예외 중 하나였다.

타인의 노력을 눌러 버리는 천재. 갖고 태어난 능력 자체가 사기인 캐릭터. 그가 서리안이었다.

만약 서리안이 다른 사람들처럼 노력해서 능력을 키워 나가거나 피지컬 쪽에 투자를 했다면 삼황의 자리도 오를 수 있었을 것이다.

그러나 그는 그런 자리에 연연하지도 않았고, 관심도 없었다.

칠왕에 오른 것도, 리더가 된 것도 주변에서 그의 등을 떠밀었기에 받아들인 것이다.

아무튼 서리안은 전율이 노력파나 천재 중 어떤 쪽에도 속하지 않는 인간이라고 생각했다. 애초에 관심 자체가 크게 없었다.

그런데 그가 지금 서리안의 발목을 끌어당기고 있었다.

이미 서리안은 그와 붙지 않으면 안 되는 상황이 되고 말았다.

"으음."

서리안의 미간이 살짝 찌푸려졌다.

아진과의 전투가 꺼려진다거나 무섭다거나 하는 이유는 아니었다. 단지 그는.

"귀찮아."

집 밖으로 나가기가 싫었다.

비욘더 콜을 받아 하루에 두세 번 나가는 것도 영 귀찮아 죽겠는데, 그 외의 일 때문에 나가야 한다니.

"내일 중으로 다 깨고 싶었는데."

그가 아쉬운 시선을 비디오 게임기에 던졌다.

"아아아아, 귀찮아."

그냥 이대로 다시 잠들었으면 싶었다.

하지만 그랬다간 전다경이 들이닥칠 것이다. 그렇게 되면 하루 온종일 그녀의 잔소리를 들어야 한다.

그러느니 차라리 미리클 테이머와 한판 붙고 마는 게 나았다.

서리안이 스마트폰을 들고 전다경에게 전화를 걸었다.

—봤어?

"테스트 날짜 잡아줘. 갈게."

—지금 당장. 데리러 갈 테니까 나갈 준비 해요.

뚝.

통화가 끊겼다.

서리안은 거의 울 것 같은 얼굴이 되었다. 스마트폰을 들고 있던 그의 팔이 힘없이 툭 떨어졌다.

"…그냥 내가 날짜 정한다고 할걸."

*   *   *

"빼애애애애애액!"

"아유, 시끄러워 이 잡종 새끼들!"

하여튼 자카스 이놈들은 상대할 때마다 욕이 안 나오고는 못 배기게 만든다.

내가 필드에 들어온 지 삼십 분이 지났다.

그동안 수백 마리의 몬스터들을 때려잡았다.

나는 에스페란자를 입었고, 몬스터 군단도 소환했다.

이번 필드에는 4레벨 몬스터와 5레벨 몬스터들이 종류별로 뒤섞여 있었다.

녀석들을 대부분 정리하고 이제 자카스 몇 마리만 남았다.

그 과정에서 내 몬스터들도 스무 마리가 당하고 말았다.

대부분이 1, 2레벨 몬스터였기 때문에 큰 타격은 아니었다.

그 정도 되는 몬스터들은 언제든지 복구하는 것이 가능하다.

"빼애애애애액!"

자카스 한 마리가 내 뒤를 노리며 달려들었다.

고개를 돌리지 않아도 알 수 있었다.

빼액거리는 소리 때문에 뒤통수가 울렸으니까.

거대한 표범을 닮은 자카스들은 먹잇감을 발견하면 무조건 저렇게 운다. 자카스의 울음을 듣게 된 생명체는 정신착란을 일으킨다. 그사이 자카스는 음속으로 달려들어 무방비 상태가 된 먹이를 갈기갈기 찢어버린다.

하지만 난 아무렇지 않았다.

에스페란자가 자카스의 울음 속에 담긴 마력을 차단해 주고 있었다. 그저 골이 좀 흔들리는 게 전부다.

그러나 자카스는 내가 당했겠거니 생각하고서 달려드는 중일 터. 그건 곧 녀석이 지옥의 불구덩이 속으로 투신하는 것과 같았다.

나 말고도 자카스의 울음을 가볍게 무시하는 놈이 있거든.

"휴르르르르~"

"빼애액?!"

사천사의 맑은 음성이 들려왔고, 거의 동시에 자카스의 비명이 이어졌다.

그리고 무언가가 땅에 툭 떨어졌다.

눈으로 확인할 필요도 없이 자카스의 잘린 머리일 것이다.

"사천사. 다 없애."

"휴르르르~"

내 명에 사천사가 본격적으로 움직였다.

자카스가 등장한 순간 다른 몬스터들은 봉인하고 사천사만 남겨두었다.

사천사는 항마력, 즉 마력에 저항하는 힘이 어마어마하게 높은 몬스터다.

때문에 자카스의 울음 속에 담긴 마력도 쉽게 막아낼 수 있다.

사천사가 큰 날개를 퍼덕였다.

순간 그녀의 모습이 사라지고 한 줄기 빛이 잔상처럼 남아 날카로운 궤적을 그렸다. 그것은 사천사에게 달려들던 자카스의 몸통을 빠르게 가르고 지나갔다.

빛의 궤적이 사라지자 사천사가 다시 모습을 드러냈다. 그와 동시에 자카스의 몸이 일제히 두 동강 났다.

일격으로 5레벨 몬스터 자카스를 정리한 것이다.

사천사는 오른손을 내밀어 펼쳤다. 그 안엔 자카스의 몸에서 가져온 코어가 들려 있었다.

"수고했어, 사천사."

난 사천사의 머리를 쓰다듬어 주고 코어를 넘겨받았다.

"휴르르르르~"

사천사가 기분 좋은 소리를 냈다.

"오늘은 포식하는구나."

이 필드에서 몬스터를 잡고 삼킨 코어만 수백 개가 넘는다.

"꿀꺽!"

난 자카스의 코어를 모두 삼켰다.

코어가 녹아 그 안에 담긴 기운이 전부 내 심장으로 흡수되었다. 기존에 있던 포스와 새로운 포스가 뒤섞이는 순간, 격렬한 회전이 일었다.

'왔다!'

이것은 클래스 업을 할 때 나타나는 현상이다.

6클래스에 머물러 있던 포스가 7클래스로 도약하려 한다.

난 그 자리에 주저앉아 회전하는 기운을 가만히 느꼈다.

기운은 오래지 않아 안정되었고, 비어 있던 일곱 번째 고리에 거대한 힘이 가득 찼다.

"7클래스."

드디어 7클래스에 올라섰다.

에스테리앙 대륙에서 내가 정점을 찍었던 것이 바로 7클래스였다.

지구로 넘어오며 고리 안의 기운은 전부 사라졌었다. 불행
중 다행으로 고리는 파괴되지 않았다.

그 빈 고리 안에 드디어 모든 힘을 다 채워 넣은 것이다.

전신에서 힘이 솟구쳤다. 시야가 맑아지고 몸이 가벼워졌
다. 머리는 구름 한 점 없는 하늘마냥 맑았다. 온몸의 세포 하
나하나가 기쁨의 환호성을 질렀다.

6클래스에서 7클래스로 넘어가는 순간 육신은 커다란 변화
를 겪는다.

피지컬 비욘더인 경우 전에 비해 최소 다섯 배 이상 육신이
강해진다. 피지컬 비욘더가 아닌 경우 4클래스 피지컬 비욘더
의 육신과 같은 레벨이 된다.

4클래스 피지컬 비욘더는 맨손으로 강철을 때려 부수고 달
리는 표범을 따라잡는다.

동체 시력은 초음속을 잡아낼 만큼 높아진다.

지금 내 몸이 그 상태가 되었다. 여기서 에스페란자를 걸치
면 육체 강화 능력으로 인해 전보다 더욱 강력한 힘을 낼 수
있다. 능력을 다섯 배까지 끌어 올릴 경우 7클래스 피지컬 비
욘더와 호각으로 겨룰 수도 있을 것이다.

게다가 난 온갖 무기에 정통하고 무예에 관해서도 익힌 바
있다.

전부 바르반에게 배운 것이다.

이제 피지컬 비욘더와 육탄전을 벌여도 밀리지 않는다.

"마법 쪽이 조금 아쉽긴 하지만."

이건 태어나기를 그렇게 태어났기에 여전히 3클래스 이상의 마법을 사용하지 못한다. 그래도 지금의 나 정도면 가히 무적이라 할 수 있다.

여기서 더 가지려 하는 건 욕심이겠으나, 원래 인간의 욕심이란 끝이 없는 법.

계속 궁리를 하다 보면 3클래스 이상의 마법을 쓰는 날도 오지 않을까 싶다.

그때 차원의 문이 열렸다.

자카스 무리를 마지막으로 모든 몬스터를 처리한 것이다.

"봉인, 사천사, 에스페란자."

난 사천와 에스페란자를 아공간으로 봉인하고서 차원의 문을 나섰다.

*　　　*　　　*

띠링! 띠링! 띠링! 띠링! 띠링! 띠링!

지구로 귀환하자마자 던전 레이더에서 메시지 알림음이 연속해서 울렸다.

"누구야?"

메시지를 확인하려는데 주변으로 기자들이 우르르 몰려들

었다.

그들은 앞다투어 마이크를 들이대며 질문 공세를 퍼부었다. 대부분 비욘더 레이블에 올라온 동영상과 관련된 것들이었다.

난 괜히 설레발치기 싫어서 대답을 아꼈다.

겨우 기자들을 뚫고 나와 메시지를 확인했다. 발신자는 전다경이었다.

[아진 씨, 아무래도 테스트를 한 번 더 해야 할 것 같아서 오늘 뵙고 싶은데 시간 되세요?]

[메시지 확인하는 대로 연락 주세요. 기다리고 있을게요.]

[지금 춘천으로 가는 중이에요. 답장도 받지 못했는데 마음대로 출발해서 미안해요. 그런데 아무래도 빨리 해결하는 게 좋을 것 같아서요.]

[춘천에 도착했어요. 공간이동 능력을 가진 비욘더분이 계셔서 도움을 조금 받았어요. 어디 계시나요?]

[전화도 안 받으시네요. 우리 아무 데나 들어가서 기다리고 있을 테니 연락 부탁드릴게요.]

[아진 씨가 어디 계신지 알 것 같네요. 거기로 갈게요.]

"뭐야, 이 여자? 혼자서 북 치고 장구 치고."

"혼자서 북 치고 장구 쳐서 미안해요."

내 말이 끝나자마자 익숙한 목소리가 들렸다.

던전 레이더에서 시선을 떼 앞을 바라봤다.

거기엔 전다경이 서 있었다. 옆에는 허리에 롱 소드를 찬 하늘색 머리카락과 벽안을 가진 시원시원한 인상의 미남자가 보였다.

그 얼굴을 어디서 봤는지 곰곰이 생각하다 겨우 매치되는 이름 하나를 떠올렸다.

'서리안.'

워낙 집에만 틀어박혀 있어 칠왕의 리더이자 비욘더 랭크 4위인데도 불구, 얼굴이 많이 노출되지 않은 사람이었다.

"하아아아암~"

입이 찢어져라 하품을 하는 그의 얼굴엔 잠이 잔뜩 묻어 있었다.

"전다경 씨, 일 처리하는 스타일이 속전속결이네요."

"죄송해요. 상황이 급하게 돌아가서 어쩔 수 없었어요. 이쪽은 누군지 아시겠죠?"

"서리안 님이시죠?"

내가 묻자 서리안이 빙그레 웃으며 고개를 끄덕였다.

그러자 전다경이 서리안의 허리를 팡! 두들겼다.

"제대로 인사해!"

"윽. 음… 안녕?"

서리안이 전보다 더 짙은 미소를 띠우고서 손을 흔들었다.

전다경의 손이 다시 한 번 서리안의 허리를 때렸다.

팡!

"윽!"

"자기소개를 하라고."

"아… 서리안이라고 해. 비욘더고. 나이는 28살이고. 지금 되게 졸립다."

전다경이 고개를 절레절레 저었다.

"아무래도 이 정도가 최선인 것 같네요. 이해하세요. 원래 이런 사람이라서."

서리안이 괴짜라는 건 익히 들어 알고 있었다. 게다가 그의 태도엔 남을 엿 먹이겠다거나 불쾌하게 하겠다는 의도가 전혀 담겨 있지 않았다.

때문에 기분이 상한다기보다는 그냥 재미있었다.

"괜찮아요. 나도 딱히 예의 차리는 인간은 아니니까."

말하면서 전다경의 눈치를 살피니 무언가 하고 싶은 말을 꾹 참아 넘기는 것 같았다.

예상하건대, '스스로에 대해서 잘 알고 계시네요' 정도 되지 않을까?

"일단은 자리를 옮길까요? 여기는 기자분들이 너무 많네요."

전다경의 제안에 내가 대답을 하려던 찰나.

스르릉.

서리안이 허리에 차고 있던 롱 소드를 꺼내 들었다.

난 반사적으로 멀찍이 물러났다.

"그냥 여기서 빨리 하고 뭐라도 먹자. 일어나서 아무것도 못 먹었어."

"아니, 여기는 너무 위험······."

"주변에 피해 안 가게 할게."

말이 끝남과 동시에 내 앞에서 예기가 느껴졌다.

난 황급히 옆으로 몸을 틀었다.

쩌저저적!

조금 전까지 내가 서 있던 보도블록이 깊이 파였다. 커다란 못으로 푹 찔러서 파낸 것 같은 상흔이 남았다.

서리안과 나 사이에는 제법 거리가 있었다. 그런데 검을 휘두름과 동시에 땅이 파였다. 검풍이 인 건 아니었다. 검기 따위를 쏴붙이지도 않았다.

마법? 그 역시 아니다.

서리안은 마법을 사용하지 못한다.

그럼에도 검의 궤적을 따라 땅이 파였다.

이것이 바로 그의 능력, '공간을 베는 검 진공참'이다.

그는 사정권 1킬로미터 이내의 원하는 공간을 마음대로 베거나 찢어발길 수 있었다.

사실 지금 들고 있는 검 같은 건 그의 능력을 구현하는 데 딱히 필요가 없다.

그저 장식일 뿐이다.

'그나저나 장난이 아닌데?'

내가 7클래스로 업그레이드하며 육신의 상태가 비약적으로 발달했으니 망정이지, 멍하니 있다 당했다면 발가락이 전부 절단됐을 터였다.

"피했네?"

서리안이 배시시 웃었다.

저 악의 없는 얼굴에는 도저히 화를 낼 수가 없다.

하지만 그래서 전력을 다하기로 했다.

서리안, 저 인간은 그냥 괴짜가 아니다.

순수하고 맑다.

그래서 위험하다.

어린 아기는 칼이 무서운 걸 모른다. 그래서 칼을 쥐여주면 아무런 악의 없이 다른 사람에게 던질 수도 있다. 그게 그 사람의 목숨을 앗아 간다는 것도 모르기 때문이다.

아니, 설사 목숨을 앗아 갔다고 해도, 상대방이 죽었다는 것에 대한 인지를 못 한다.

서리안을 보니 딱 그런 어린아이가 떠올랐다.

자기가 방금 얼마나 위험한 짓을 벌인 건지 인식하지 못하고 있다.

"서리안!"

전다경이 소리를 빽 질렀다.

그녀의 얼굴에 다급함과 분노가 어려 있었다.

하지만 서리안은 그걸 듣지 못한 건지, 무시해 버린 건지, 무작정 검을 휘둘렀다.

"얍."

"윽!"

녀석의 검을 보고 피하면 늦는다.

검이 휘둘러지는 것 같으면 일단 다른 곳으로 몸을 날려야 한다.

안 그랬다간…….

콰드드득!

지금 가루가 되어 있는 건 아스팔트 바닥이 아니라 내가 되었을지도 모른다.

'이게 무슨 테스트야!'

사람 하나 잡겠다고 달려드는 걸 테스트라고 할 수 있을까?

"에스페란자!"

볼품없이 바닥을 굴렀다가 벌떡 일어서며 아공간을 열었다. 그리고 에스페란자를 장착했다.

"얍!"

서리안이 막 전신 갑주를 걸친 내게 또 진공참을 선사했다. 난 재빨리 옆으로 몸을 날렸다.

콰드득!

이번에도 지면이 아작 났다.

진공참이라는 능력은 성가시기만 한 게 아니라 파괴력 또한 어마어마하다.

해서, 아무리 에스페란자를 입었다고 하지만 만만히 보고 맞아줄 수가 없었다.

"얍얍얍얍얍."

서리안은 검을 마구잡이로 휘둘러 댔다.

콰드득! 콰직! 드드득! 퍼걱! 콰앙!

내가 발을 디뎠던 곳의 지면이 전부 깊이 파이거나 터져 나갔다.

하지만 저것은 진공참의 능력을 백 퍼센트 발휘한 것이 아니다.

진공참이 정말 무서운 건 말 그대로 공간을 베어버리기 때문이다.

그땐 지금처럼 요란한 장면이 연출되지 않는다.

조용히, 소리 하나 없이, 공간이 베이며 그 공간 안에 있는 모든 것도 같이 베인다.

즉, 서리안은 나름 손속에 사정을 두고 있는 것이다.

그래도 테스트치고는 어마어마하게 위험한 수준이었다. 슬쩍슬쩍 전다경의 눈치를 살피는 것이 그녀가 없었다면 사정을 둘 생각도 안 했을 것 같다.

"되게 안 맞네. 얍!"

서리안이 투덜거리며 연속해서 진공참을 시전했다.

이번에도 나는 검이 휘둘러지기 전에 몸을 피했다.

그런데.

카캉!

"윽!"

진공참에 제대로 얻어맞았다.

안면부터 시작해서 가슴, 배, 양쪽 허벅지까지 전부 불에 덴 듯 화끈거렸다.

'내가 피할 곳을 예상했어!'

방금의 일격은 그야말로 놀랄 노 자였다.

난 얼마든지 다른 곳으로 피할 수도 있었다.

그런데 서리안은 내 궤도를 미리 읽고 그곳에다 진공참을 시전했다.

그 짧은 시간 동안 내 행동 패턴을 분석한 건지, 아니면 감이 좋은 건지, 그것도 아니면 때려 맞혔는데 그렇게 된 건지는 알 수가 없었다.

아니, 그런 걸 생각할 겨를이 없었다.

고통에 이어 믿을 수 없는 소리가 들려왔기 때문이다.

쩌저적!

'금이 갔어?!'

지금껏 단 한 번도 일그러지거나 흠집조차 난 적이 없던 에스페란자에 금이 갔다.

콰아앙!

"큭!"

진공참을 맞은 몸뚱이는 사정없이 바닥에 곤두박질쳤다.

내 몸이 땅을 파고 틀어박혔다. 등에서 아찔한 충격이 몰려 왔다.

지금껏 에스페란자를 걸치고서 이토록 심하게 당한 건 처음이다.

정신이 없고 어안이 벙벙했다.

하지만 넋 놓고 뻗어 있는 건 황천길 가겠다는 것밖에 되지 않는다.

찰나지간 구덩이에서 몸을 뺐다. 거의 동시에 구덩이가 펑! 하는 굉음과 함께 터져 나갔다.

대지가 흔들리고 모래와 돌멩이가 사방으로 비산했다.

서리안이 검을 들고 헤실헤실 미소 지으며 말했다.

"이 정도면 테스트 끝난 것 같은데?"

"누구 맘대로?"

"그래 그럼 계속하자."

"두 사람 다 그만!"

전다경이 소리를 질렀으나 무의미한 일이었다.

서리안의 검이 다시 움직였다. 녀석의 얼굴엔 패배에 대한 두려움이 전혀 보이지 않았다.

그런데 이걸 어쩌냐.

나는 그래도 테스트라는 점을 감안해서 최선을 다하지 않았었거든.

'육체 강화 5단계.'

에스페란자의 육체 강화를 최고치로 올리고서 서리안에게
물었다.

"너 혹시 7클래스 피지컬 비욘더랑 붙어본 적 있냐?"

"응."

"이겼어, 졌어?"

"가르쳐 주기 싫은데."

"그럼 지금부터 알아내면 되겠네."

*　　　*　　　*

생각지도 못했던 구경거리가 벌어졌다.

필드가 열렸던 곳 근처에서 미러클 테이머와 진공참 서리안
이 붙었다.

이번에 열렸던 필드는 1인 필드였다.

차원의 문 위에 1이라는 숫자가 떠올라 있었고, 가장 먼저
도착한 아진이 망설임 없이 들어갔다.

아진이 그 안에서 죽어버리든, 살아 나오든 기자들 입장에
서는 커다란 기삿거리가 된다.

물론 전자의 경우 목숨을 담보로 잡아야 한다. 차원의 문
을 깨고 몬스터들이 뛰쳐나올 테니까. 기자들은 그 즉시 몬스

터 밥이 된다.

하지만 이제 사람들은 아진에게 이상한 믿음이 생겼다. 그가 나서면 모든 것이 해결된다는 말도 안 되는 믿음이다. 그게 얼마나 비이성적 판단인지는 모두가 안다. 그럼에도 믿었다.

아진에게는 사람을 맹목적으로 잡아끄는 그런 힘이 있었다.

이번에도 아진은 기자들의 믿음을 배신하지 않았다. 홀로 고고히 들어섰던 그 모습 그대로 귀환했다.

차원의 문은 닫혔고 기자들은 아진에게 달려들었다.

그들을 뿌리치고서 저 멀리 달아나던 아진의 앞을 칠왕 중 두 명이 가로막았다.

전다경과 서리안이었다.

그 광경을 본 순간 기자들의 눈에 핏발이 섰다.

서리안 때문이었다.

그는 좀처럼 카메라에 담기 힘든 인물이다. 그런데 그가 나타났다. 그것도 그가 살고 있는 서울이 아니라 춘천에서! 카메라에 그의 모습을 담아내기만 해도 대박이다.

그런데 기삿거리 제대로 만들어줄 일이 터졌다.

서리안과 아진이 피터지게 붙어버린 것이다.

펑! 펑! 찰칵! 찰칵!

그들이 전투를 벌이는 내내 플래시는 끊일 줄 몰랐다.

한 장면이라도 놓치지 않기 위해서 기자들은 열을 냈다.

일부 방송은 그 장면을 라이브로 중계하기도 했다. 긴급 속보로 짤막한 안내를 내보내는 방송국도 있었다.

근처에 있던 인터넷 방송 BJ들이 부리나케 몰려들었다.

두 사람의 싸움은 금세 전파를 타고 전국으로 퍼져 나갔다.

비욘더 레이블에서도 난리가 났다.

게시판에는 매 초당 백여 개의 글이 업로드됐다.

대부분 누가 이길 것인지에 대한 예측이었다.

거의 동시에 투표도 진행되었다.

비욘더 레이블의 총책임자가 승자예상 투표를 실시한 것이다.

물론 이건 단순한 심심풀이용이었다.

하지만 사람들은 신이 나서 참여했다.

실시간으로 진행되는 투표에서는 두 사람의 표가 계속해서 엎치락뒤치락했다.

하지만 아진이 진공참을 제대로 얻어맞아 버린 이후, 서리안의 표가 압도적으로 많아졌다.

투표율은 비욘더 레이블 회원수 기준, 50퍼센트를 넘어가고 있었다.

한편, 서리안은 테스트를 어떻게 끝내야 할지 고민하는 중이었다.

아진과의 싸움은 질질 끌기가 싫었다. 그를 대면했을 때부터 알 수 없는 께름칙함이 밀려왔다. 정확히는 그와 싸워야 한다는 걸 인지했을 때부터였다.

서리안은 본능적으로 아진이 범상치 않은 인간인 걸 알았다.

그래서 최대한 빨리 테스트를 끝내려 했다. 그러다 보니 저도 모르게 힘이 많이 들어갔다. 테스트라고 하기엔 과격했음을 스스로도 알고 있었다.

알면서도 힘 조절이 안 됐다.

조금만 여유를 주는 순간 그는 파도가 되어 몰아칠 것이 분명했다.

그런데 그 여유를 서리안이 만들어주는 꼴이 되고 말았다.

"이 정도면 테스트 끝난 것 같은데?"

"누구 맘대로?"

"그래 그럼 계속하자."

아진이 그 말을 하는 순간 전다경이 두 사람을 말렸다.

"두 사람 다 그만!"

그리고 서리안의 미간이 파르르 떨렸다.

전다경의 고함 때문이 아니었다.

지금 서리안에게는 전다경의 존재감이 너무나 미미했다. 평소라면 지금처럼 그녀를 무시하지 못한다. 그러나 지금은 루아진이라는 사람의 강렬함이 전다경을 자꾸 서리안의 의식 밖으로 밀어냈다.

특히나 지금은 더욱 그랬다.

서리안의 미간이 떨렸던 건 아진에게서 느껴지는 기운이 갑자기 증폭했기 때문이다.

아진은 에스페란자가 강화시켜 주는 육체 능력을 5단계까지 끌어 올렸다.

육신이 7클래스 피지컬 비욘더급으로 변한 것이다.

서리안은 그걸 느꼈다.

"너 혹시 7클래스 피지컬 비욘더랑 붙어본 적 있냐?"

"응."

"이겼어, 졌어?"

"가르쳐 주기 싫은데."

"그럼 알아내면 되겠네."

이제 정말 위급한 상황에 직면했음을 느낀 서리안이 진공참을 시전했다.

그의 의식 속에서 아진이 서 있던 곳의 공간이 반으로 갈라졌다. 그것은 곧 현실이 되었다.

서걱!

진공참의 진정한 면모가 드러났다.

이제까지처럼의 소란스러움과 요란함은 없었다.

고요함과 적막 속에 무언가가 썰리는 섬뜩한 소리만 들려왔다.

그리고.

쩌적!

공간이 찢어졌다.

아진이 서 있던 허공이 세로로 크게 갈라졌다.

상처처럼 양쪽으로 벌어진 공간 속엔 암흑만이 가득했다.

찰칵! 찰칵! 찰칵!

기자들이 이 기괴하고 놀라운 광경을 카메라에 마구 담았다.

진공참의 진가를 본 이들은 많지 않았다.

이것은 대특종감이었다.

한데 가장 중요한 아진의 모습이 보이지 않았다.

'피했어.'

공간이 찢어지기 바로 직전, 아진이 사라졌다.

고작 테스트에서 진공참을 극성으로 시전한 서리안에게 고함을 치려던 전다경이 입을 다물었다.

"……?"

그녀 역시 아진의 모습을 잡아내지 못했다.

그들만이 아니었다.

싸움을 지켜보던 모든 이들의 시선에서 아진은 사라졌다.

마치 유령처럼.

'어디지?'

서리안의 시선이 사방을 훑었다. 그의 육감이 아진의 존재를 찾았다.

하지만 아진은 그 어디에도 존재치 않았다.

그때였다.

"조심해!"

전다경의 비명에 서리안이 앞으로 튀어 나갔다.

콰아아앙!

조금 전까지 그가 서 있던 자리에서 거대한 폭발이 일었다.

땅이 뒤집어지고 흙모래가 비산하며 충격파가 퍼져 나갔다. 서리안이 진공참을 날려 충격파를 걷어냈다.

매캐한 먼지구름 사이로 에스페란자를 입은 아진의 모습이 드러났다.

'어디서 나타난 거야?'

아진은 서리안의 뒤에서 일격을 날렸다. 전다경의 고함이 아니었다면 그대로 당했을 터였다. 서리안은 피지컬 비욘더가 아니다. 방금의 공격을 맞았다면 다진 고깃덩이가 되었을 것이다.

하나, 지금 서리안에게 중요한 건 그런 게 아니었다.

대체 아진이 어디에 숨었다가 어떻게 나타났느냐 하는 것이었다.

답은 간단했다.

진공참을 시전하는 순간 아진은 아공간을 열어 그 안으로 숨었다.

그리고 닫힌 아공간을 서리안의 뒤에서 열어 나타나며 공격을 가한 것이다.

서리안을 잡을 수 있는 완벽한 기회였다.

아진이 멀리 떨어져 있는 전다경에게 짜증을 냈다.

"그런 식으로 알려주기 있습니까?"

"미안해요. 하지만 조금 전의 일격은……"

"위험했다고? 그럼 아까 저 자식이 나한테 날린 극성의 진공참은?"

"……"

전다경은 입이 열 개라도 할 말이 없었다.

그녀가 두 사람을 담고 있는 수십 대의 카메라를 보고 입술을 잘근 깨물었다.

'개망신이다, 정말.'

지금까지의 모든 과정, 자신과 아진의 대화까지도 전부 전국으로 생중계됐다.

만약 여기서 아진이 이기게 된다면 기존 칠왕의 위엄이 땅바닥에 처박힌다.

어떻게든 서리안이 이기기를 바랄 수밖에 없었다.

그런데 그녀의 기대는 다음 순간 날아갔다.

"소환, 샤오샤오."

"샤아아?"

"……!"

순간 전다경은 비명을 내지를 뻔한 걸 거우 참았다.

'저 몬스터는!'

샤오샤오의 무서움을 전다경은 익히 알고 있다.

서리안도 동영상으로 이를 접했다.

하지만 영상을 통하는 것과 직접 보는 건 차이가 있다.

"네가 최선을 다하는 것 같으니까 나도 최선을 다해볼 셈인데, 어때?"

아진이 히죽 웃었다.

서리안은 대답하지 않았다. 그저 극성의 진공참을 시전할 뿐이었다.

아진은 이번엔 피하지 않았다.

대신 샤오샤오를 한 손으로 들고 앞으로 쭉 내밀었다.

그러자 샤오샤오의 배에 검은 금이 쫙! 일었다.

공간이 찢어진 것이다.

쩌저저……!

찢어진 공간이 벌어지려 했다.

이대로라면 샤오샤오와 아진까지 함께 찢어져 버린다.

끔찍한 참상이 생중계되는 것이다.

전다경의 얼굴이 흙빛으로 변했다.

서리안이 이기기를 바랐지만 이런 피의 참상을 일으키길 원한 건 아니다.

전다경은 아진이 이기는 것과 서리안이 아진을 죽여 버리는 것 중에 어떤 게 더 엿 같은 상황인지를 저울질했다.

그때였다.

"샤, 샤아아아아아!(이거 뭐야아아아!)"

갑자기 배 부분이 갈라지자 부끄러움을 느낀 샤오샤오가 크게 소리쳤다. 그리고 두 손으로 찢어지려는 공간을 내리눌렀다.

순간 서리안은 자신의 눈을 의심했다.

"…어?"

샤오샤오가 찢어지고 있는 공간을 다시 이어 붙였다.

말이 안 되는 상황이었다. 그것은 물리적으로 잡을 수 있는 것이 아니었다. 아무것도 없는 허공, 공간을 찢은 것이다. 그런데 샤오샤오는 그것을 손으로 잡고 이어 붙이더니.

"샤앗!"

손으로 꾹꾹 눌러서 말끔하게 붙여 버렸다.

서리안의 손에서 힘이 풀렸다. 주인에게 의도치 않게 버려진 검이 바닥에 떨어졌다.

카앙.

그런 서리안의 코앞에 어느새 아진이 당도해 있었다.

"아."

서리안이 놀라 뒷걸음치려는 찰나.

"애비~!"

아진이 들고 있던 샤오샤오를 서리안의 코앞으로 내밀었다.

서리안은 놀란 듯 두 눈을 동그랗게 뜬 샤오샤오를 보며 귀엽다고 생각했다.

그게 아진과의 싸움에서 마지막으로 남은 서리안의 기억이었다.

"샤아아아아!(그렇게 보지 마아아아아!)"

콰아아앙!

샤오샤오의 부끄부끄 주먹이 서리안의 콧잔등을 가격했다.

쐐애애액! 쾅! 타탕! 쿠당탕! 탕! 타탕! 데구르르르르. 픽! 털썩.

정신을 잃음과 동시에 200미터를 날아간 서리안은 물수제비를 뜨는 돌멩이처럼 바닥에 팅기고 팅기고 팅기고 팅기다가 한참을 구르더니 지나가던 오토바이에 치인 다음 대자로 뻗어 버렸다.

아진이 브이 자를 그려 보이며 전다경에게 말했다.

"죽이지는 않았습니다. 몇 번 죽을 뻔했지만 딱히 악의가 있는 것 같지는 않아서."

"그런 것… 같네요."

죽이지는 않았지만, 저 상태라면 반쯤 죽은 거라고 봐도 무방했다.

전다경과 아진의 주변으로 기자들이 몰려들어 인터뷰를 시도했다.

그러나 아진은 이전과 마찬가지로 기자들의 벽을 뚫고 도망쳐 버렸다.

그러자 모든 기자들의 전다경에게 달려들었다. 그들은 자극적이고 유도신문이라 해도 좋을 수준의 질문을 마구 날려댔다.

이를 듣고 있던 전다경이 꾹꾹 참고 참다가 한마디를 씹어 뱉었다.

"뒷일 감당할 수 있으면 계속 건드리세요."

그 말에 기자들이 식겁해서 사방으로 흩어졌다.

전다경은 평소에 예의바르고 이성적이기로 유명하다.

그러나 꼭지가 돌면 파괴의 신으로 돌변해 버린다는 사실이 더욱 유명하다.

전다경이 기절한 서리안을 품에 안아 들었다.

그리고 저 멀리서 자신을 찍는 카메라들을 향해 소리쳤다.

"모든 칠왕을 대신해서 공표합니다. 오늘부로 미러클 테이머 루아진 님은 칠왕의 자격을 인정받았음을 알립니다. 아울러 그의 서열은 4위입니다. 모든 칠왕 및, 서열 50위까지의 비욘더들은 한 계단씩 서열이 밀릴 것입니다. 마지막으로 칠왕의 전통에 따라 서리안은 리더의 자격을 박탈당할 것이고."

전다경이 한 템포 쉬고서 겨우겨우 말을 이었다.

"루아진 님은 새로운 리더가 될 것입니다."

전다경은 서리안을 안아 든 채로 빠르게 모습을 감췄다.

테스트는 그렇게 끝이 났다.

그리고 아진은 칠왕의 리더가 되었다.

Taming 66
진태랑

아버지와 나는 내 방 창 너머로 바깥을 살폈다.

집 앞에는 기자들이 빼곡히 몰려와 있었다. 그 수가 백은 족히 되는 것 같았다. 저들이 진을 친 건 어젯밤부터다. 밤새 도록 그들은 내가 나오기를 기다렸다. 하지만 큰 소리를 내거나, 초인종을 쉴 새 없이 눌러대진 못했다. 우리 집 앞을 지키고 선 경호원들 때문이다.

그들은 일전에 정대영이 붙여준 이들이다.

내가 정부 소속 비욘더가 되었으니 극성팬들로부터의 내 사생활을 보호해 주겠다는 명분에서였다.

사실은 경호원들을 통해 날 감시하려는 것이 뻔하지만 속

아줬다.

왜? 지금처럼 이런 일이 벌어졌을 때 편하거든.

"저 양반들도 참 고생이 많다."

"어느 쪽이요? 경호원이요? 기자들?"

"둘 다."

난 별 대답을 못 하고 입맛만 다셨다.

아버지도 속이 너무 좋다.

말이 경호원이지 우리 측에서 고용하지도 않은 사람들이 집 앞을 24시간 지키고 있으니 심적으로 편치는 않은 게 사실이다.

게다가 기자들은 제들 밥그릇 챙기려고 우리의 사생활은 안중에도 없다.

그런데 그들 걱정을 하고 계시다니.

"밥은 먹고 저러나 몰라."

"밥 먹고 살려고 저러는 사람들이에요. 너무 걱정하지 않으셔도 돼요."

"그런데 아진아."

"네?"

"네가 칠왕의 리더가 되었다던데, 정말이냐?"

"그렇다고 하더라구요."

"응? 네 일을 무슨 남 얘기 하듯이 하냐?"

"하도 일이 급하게 돌아가니까 저도 뭐가 뭔지 모르겠어요.

게다가 딱히 리더 자리 빼앗고 싶어서 싸웠던 것도 아니구요. 그들이 일방적으로 테스트한답시고 찾아왔던 거거든요."

"그랬었어? 그 시리안인가 뭔가 하는 친구랑 싸우는 영상은 테스트치고는 좀 과하던데……."

"그 인간이 좀 특이한 인간이라서 그래요."

"보는 동안 몇 번이나 숨넘어갈 뻔했는지 몰라, 인석아."

"아버지 아들 그렇게 쉽게 죽지 않아요. 걱정 마세요."

"그래도 늘 조심, 또 조심해라. 이 애비 천애고아나 다름없는 상황에서 네 엄마도 일찍 떠나고 남은 핏줄이라고는 너 하나밖에 없다."

아버지께서 툭 던진 말이 가슴을 짜르르 울렸다.

난 그런 아버지의 손을 꽉 잡고 말했다.

"저는 아버지 돌아가실 때까지 계속 곁에 있을 거예요!"

내 진심이 가득 담긴 말에 아버지의 눈이 그렁그렁해졌다. 아버지는 무언가를 꾹 참는 듯한 얼굴로 겨우 입을 열었다.

"아진아……."

"네, 아버지."

"손 아파."

"아."

난 얼른 아버지의 손을 놓아드렸다.

아버지가 눈가에 맺힌 눈물을 닦으며 방에서 나가셨다.

4클래스 피지컬 비욘더급의 육신을 가진 놈이 일반인인 아버지 손을 있는 힘껏 그러쥐었으니 눈물이 나실 만도 했다.

＊　　　＊　　　＊

오후 세 시가 지나가고 있다.

오늘은 여태 콜이 한 번도 울리지 않았다.

덕분에 집 밖에 나갈 일이 없었다.

내 하루 일과는 대단히 심플하다.

새벽에 일어나 숲속 공터에서 펫들을 훈련시킨다.

이후 집으로 내려와 아침을 먹고 개인 훈련을 한다.

그러는 동안 콜이 울리면 필드로 진입해 몬스터들을 때려
잡는다. 필드에서 얻은 전리품을 가지고 비욘더 길드에 가서
돈으로 환산한다.

다시 집으로 돌아와 아버지와 시간을 보낸다.

콜이 있으면 또 나가고, 없으면 그렇게 하루가 마무리된다.

만나는 사람은 딱히 없다.

그나마 여자친구 자리를 꿰찬 이환과 데이트를 하는 게 전
부다. 한데 이환은 요새 또다시 시작된 합숙 훈련 때문에 바
쁘다.

그렇다 보니 오늘은 집 밖으로 나갈 일이 없었다.

기자들은 여전히 집 근처에 진을 치고서 경호원들과 기 싸
움을 벌이는 중이다.

난 아버지와 텔레비전을 보다가 영 시시해서 방으로 들어왔다.

"아 지루하네."

입맛을 다시며 침대에 드러누우려는 찰나였다.

"세상이 평화로워지면 우울하다는 말 나오겠네."

갑자기 귓전에서 들려온 음성에 상체를 벌떡 일으켰다.

내 옆엔 신재림이 서 있었다.

"잘 지냈어?"

"내가 다음부터는 노크 좀 하고 들어와 달라 부탁하지 않았나?"

"당당하게 그럴 수 있는 상황이 된다면 그 부탁 들어줄게."

신재림은 항상 유령처럼 나타난다.

본인의 시간을 타인의 시간보다 빠르게 움직이는 능력, 타임 워커의 힘이다.

덕분에 신재림과 나의 만남은 늘 은밀하게 이뤄질 수 있었다.

그의 움직임은 누구의 눈에도 포착되지 않으니까.

신재림이 날 슥 훑더니 묘한 미소를 머금었다.

"7클래스가 됐네? 비욘더 길드에 아직 신고 안 했나 봐. 차서린한테는 아무 말도 못 들었는데."

"경황이 없어서. 그런데 어떻게 안 거야?"

"나한테는 보이거든. 상대방의 포스가. 네게서 느껴지는 포스의 기운이 나와 똑같아."

아아, 잠깐 잊고 있었는데 신재림은 7클래스 비욘더다.

이제 나는 그와 대등한 수준까지 올라온 것이다.

그건 그렇고 신재림에게 이런 능력이 있었는 줄은 몰랐다.

"그것도 비욘더로 각성하면서 얻게 된 능력이야?"

신재림이 고개를 저었다.

"아니. 태어날 때부터 이랬어. 사람이든 동물이든 식물이든, 그 생명체가 가지고 있는 에너지가 내 눈에는 보여."

"애초부터 정상이 아니었네."

"언제쯤이면 그 입에서 예쁜 말이 나올까 궁금해진다."

"내가 진짜 싫은 놈들 상대하는 거 보면 지금 이 정도도 고마워할걸?"

"안 봐도 예상이 된다."

"무슨 일로 왔어?"

"축하해 주러. 잠깐 못 보던 사이 이리저리 휘젓고 다니더니 칠왕의 리더가 되었더군."

"리더까지 될 줄은 모르고 저질렀던 일이지만 어쩌다 보니 그리됐어."

"솔직히 놀랐다. 비욘더 역사상 이렇게 단기간 내 랭킹을 올린 건 네가 처음이야."

내가 알기로도 그렇다.

현재 비욘더들 내에서 희대의 천재라 일컬어지는 이는 삼황 중 서열 1위의 자리를 공고히 지키고 있는 '진태랑'이다.

그는 비욘더로 각성한 뒤, 1년 만에 모든 비욘더들을 제치고 서열 1위가 되었다.

이후 5년 동안 그는 왕좌를 빼앗기지 않았다.

지금도 진태랑은 독보적인 강력함을 자랑하고 있다.

들리는 말에 의하면 삼황 중 나머지 둘, 이지안과 백우현이 힘을 합쳐 덤벼도 진태랑을 제압하기 힘들다고 한다.

물론 어디까지나 소문일 뿐이지만, 그렇다고 무시할 수는 없었다.

아니 땐 굴뚝에 연기 날 리 없는 법이다.

이 대목에서 궁금한 것이 생겼다.

"물어볼 게 있는데, 진태랑은 어느 쪽이야?"

신재림이 망설임 없이 대답했다.

"정부 쪽 비욘더다."

"서열 3위 백우현은?"

"그 녀석은 중립. 정부 쪽에서 꾸준히 콜을 보내고 있는데 별 관심을 보이지 않는 상황이야."

"그렇군."

"아마 곧 만나게 될 거야."

"언제쯤?"

"오늘 저녁."

"그렇게 빨리?"

"이미 세 장관들과 진태랑, 이지안이 모여서 짧게 대책 회의를 마친 모양이야."

"무슨 대책 회의?"

"너에 대한 대책 회의. 그들이 생각했던 것보다 무섭게 강해지고 있으니 그냥 두고 볼 수는 없었겠지."

"웃기고들 앉았네. 대책 회의 해봤자 나오는 답도 없을 텐데. 그리고 그 인간들 섣불리 움직이지 못해. 나한테 목줄이 걸렸거든."

"목줄?"

신재림은 세 장관과 나 사이에 있었던 일들에 대해 자세히 알지 못한다.

그래서 지금껏 있었던 사건들에 대해 죽 얘기해 주었다.

모든 얘기를 듣고 난 신재림이 박장대소했다.

"하하하하하하! 크크크큭! 미치겠네. 정말이야?"

"할 일 없다고 농담이나 할까."

신재림은 이후로도 한참을 더 웃었다.

그 바람에 아버지가 내 방에 들어왔다가 화들짝 놀라는 사건이 벌어졌다.

누가 들어오는 기척도 느끼지 못했는데 어떻게 들어왔느냐 묻는 아버지께 나는 신재림의 능력에 대해 사실대로 얘기해 주었다.

아들이 비온더이다 보니 아버지는 쉽게 수긍하셨다.

아버지가 자리를 피해주고 나서도 신재림은 쉽게 웃음을 멈추지 못했다.

숨쉬기가 힘들 지경이 되고 나서야 겨우 진정한 신재림이 눈물을 닦았다.

"심현세는 백혈병 걸린 딸 낫게 해준다고 꼬드겼고, 정대영이랑 윤진화는 영생을 준다는 말로 꼬드겨? 그걸 믿었단 말야? 진짜 희대의 사기꾼이 여기 있었네."

정대영이랑 윤진화한테 한 말은 거짓이었지만 심현세에게 한 말은 진짜다.

하지만 굳이 그걸 얘기하지는 않았다.

신재림이 멋대로 오해하게 놔뒀다.

"내가 기대했던 것보다 잘해주고 있어서 뿌듯한데."

"난 내가 생각했던 것보다 다른 사람들이 별로 하는 일이 없어서 불만인데."

정말이다.

강철수와 정광순, 그리고 설소하는 대체 뭘 하고 있는 건지 모르겠다.

내가 불만을 토로하자 신재림이 다 안다는 듯 고개를 주억거렸다.

"네 입장에서는 억울할 수도 있지. 근데 레지스탕스 소속인 거 들키지 않고 활동하는 것만으로도 자기 역할은 다 하고 있는 거야. 나중에 정부가 나쁜 놈 소굴이라는 것이 공론화되면 레지스탕스와 정부는 전쟁을 벌여야 하겠지. 그때 자기편이라고 철썩같이 믿고 있던 이들이 뒤통수를 치면 어떻게 될까?"

"황당하겠지."

"그리고 우르르 무너질 거야."

"그렇게 말해도 결국 험한 일은 나 혼자 다하게 되는 거 아냐."

"하하, 그렇긴 하다."

유들거리며 웃어넘기려는 신재림의 얼굴에 한 방 먹일까 말까 고민하던 차였다.

지이이이잉—

스마트폰이 울렸다.

발신자는 심현세였다.

신재림이 그걸 보고 어깨를 으쓱했다.

"호랑이도 제 말 하면 온다더니. 받아봐."

"아진입니다."

—그래, 아진아! 잘 지냈냐?

"목소리가 밝은 게 뭐 좋은 일 있나 봐요?"

—좋다마다! 우리 공주님 상태가 악화되지 않는 것만으로도 하루하루 구름 위를 걷는 기분이라고.

"다행이네요. 앞으로도 계속 정화수 받으려면 어떻게 해야 하는지 알고 있죠?"

—명심하고 있으니까 걱정하지 마. 그보다 오늘 저녁에 시

간 되겠냐?

"왜요?"

―세상이 너로 인해 떠들썩하잖냐. 우리들 입장에서는 고마운 일이지. 정부 소속 비욘더가 빠르게 성장하는 데다가 연일 화젯거리를 몰고 오니 안 그렇겠어?

"근데 나 딱히 당신들 좋으라고 한 일은 아닌데."

―안다, 인마. 철저하게 네 이익을 위해서 움직이는 거. 그러거나 저러거나 아무튼 우리는 신이 난다 이거야. 이런 날 그냥 넘어가면 되겠냐? 흥을 더 돋워야지! 술 한잔하게 나와라.

"아니, 고등학생을 툭 하면 술자리에 불러내고 제정신입니까?"

―웃기는 소리 하고 있네. 저번에 보니 잘만 마시더만. 마친 일이 있어서 다들 춘천에 모여 있던 참이니까 진조휘네 식당으로 와.

"알았어요. 언제까지 가면 됩니까?"

―지금 와, 지금.

통화는 그렇게 끊겼다.

신재림이 날 보며 씩 웃었다.

"그 인간들, 너 때문에 안달이 났구나. 나가봐. 긴장 늦추지 말고. 알고 있겠지만 단순히 네 공을 치하하는 자리는 아닐 거야."

"잘 아니까 걱정 마. 틈만 나면 하운드들한테 목줄 걸려고 안달이 난 놈들인데 어련하겠어."

"그래, 알면 됐고. 이건 선물."

신재림이 무언가를 내밀었다.

받아보니 작은 단추였다.

"초소형 카메라야. 다른 기계적인 장치로는 카메라라는 걸 알아낼 수 없도록 만들어졌어. 눈치 빠른 인간한테 걸리지만 않으면 될 거야."

"장관들 만날 때마다 이걸 달고 다니라는 말이군."

"오늘부터 그렇게 해야겠지. 단추가 어울리는 옷을 입고 나가는 센스 정도는 있을 거라고 믿을게. 난 이만 가볼 테니 장관들이랑 좋은 시간 보내라고."

신재림이 손을 흔들다가 갑자기 사라졌다.

난 창문 너머를 바라봤다.

신재림은 이미 몇백 미터 밖까지 멀어진 이후였다.

"그건 그렇고 나는 어떻게 빠져나간다?"

내가 밖으로 나가면 또다시 기자들이 우르르 몰려들어 귀찮게 할 게 뻔했다.

그리고 내 행적을 알아내기 위해 혈안이 될 테지.

'아니, 차라리 그게 낫겠다.'

아버지가 기자들 때문에 그 좋아하시는 드라이브도 못 한 채 집 안에는 콕 박혀 계신다.

차라리 기자들 시선을 내게 돌리는 게 나을 듯했다.

난 입고 있던 티를 벗고 셔츠로 갈아입은 뒤, 단추 하나를 갈아 달았다. 기존의 셔츠에 달린 단추는 별 무늬 없는 검은색이고, 신재림에게 받은 것도 같은 스타일이라 전혀 튀지 않았다.

"이 정도면 됐겠지."

준비를 마치고서 정원으로 나가 섰다.

그러자 경호원들을 경계하며 떨어져 있던 기자들이 우르르 몰려들었다.

경호원들이 다시 시린 눈빛을 보내자 주춤거리며 멀어졌지만 카메라의 셔터는 계속해서 눌러댔다.

난 그들을 무시하고서 타조를 소환해 올라탔다.

"진조휘의 가게로 가자, 타조."

"우르르르르!"

＊   ＊   ＊

진조휘의 식당까지 가는 데는 2분도 걸리지 않았다.

타조를 봉인시키고 안으로 들어섰다.

종업원들이 나를 가장 안쪽의 방으로 안내했다.

문이 열리고 안에 앉아 있는 사람들의 면면이 드러났다.

국방부 장관 정대영, 외교부 장관 심현세, 법무부 장관 윤진화, 삼황 중 한 명이자 레지스탕스 소속 스파이인 이지안, 그리고.

'비욘더 서열 1위의 삼황, 진태랑.'

그도 함께였다.

"어서 와. 앉지, 미러클 테이머."

정대영이 비어 있는 윤진화의 옆자리를 권했다.

난 별말 없이 그 자리에 엉덩이를 깔았다.

맞은편에는 이지안의 양옆으로 정대영과 심현세가 앉아 있었다. 그리고 윤진화의 왼쪽에는 진태랑이, 오른쪽으로는 내가 앉는 형태가 되었다.

"두 사람은 초면이지? 인사 나누도록 해."

정대영의 말에 진태랑이 손을 내밀었다.

"나 진태랑이다. 반갑다."

진태랑.

올해 나이 서른아홉. 그러나 나이에 비해 열 살은 어려 보인다.

대충 드라이만 해서 말린 흑발과 편하게 차려입은 캐주얼 복이 그가 격식을 따지지 않는 사람이라는 걸 보여준다.

사람을 대하는 태도도 격의 없다.

어떻게 보면 좀 껄렁껄렁한 것 같기도 하다.

'TV속에서 보던 이미지 그대로네.'

"야야, 팔 떨어지겠다."

진태랑이 엄살을 피워대기에 그가 내민 손을 마주 잡았다.

잡은 손에서 느껴지는 기운이 범상치 않았다. 기계적으로 팔을 흔들며 빠르게 훑어보니 옷 너머로 슬쩍슬쩍 보이는 몸이 아주 좋다. 날렵하고 탄탄한 근육으로 무장을 했다.

무식하게 크기만 키운 과시용 근육과는 차원이 달랐다.

"내가 형이니까 말 놔도 되지?"

진태랑이 하얀 이를 훤히 드러내 보이며 물었다.

"말은 이미 놓은 것 같으니까 손이나 놓지?"

"우와, 듣던 대로 성격 장난 아니네."

진태랑이 잡았던 손을 놓고서는 술잔을 들었다.

"이렇게 모인 것도 기념이니 거국적으로 짠 한번 하고 이야기 나누죠? 응? 다들 술잔 들어요. 이런 날 취해야지."

"아무렴. 이런 날 아니면 언제 취하겠어?"

진태랑의 설레발을 심현세가 거들었다.

정대영은 껄껄 웃으면서 두 사람을 따라 술잔을 들었다. 윤진화는 못 이기는 척 사람들의 빈 잔에 술을 채웠다.

마지막으로 이지안이 술잔을 들어 올리며 내게 눈웃음쳤다.

'그냥 분위기 맞춰줘요'라고 말하는 것 같았다.

이 정부 놈들 틈바구니에서 유일하게 진정한 내 편이라 할 수 있는 사람은 같은 레지스탕스 소속이자 내부자로 활동 중인 그녀밖에 없었다.

그녀의 부탁대로 술잔을 들었다.

"정부를 위하여~!"

"위하여~!"

진태랑의 선창에 다른 사람들이 뒷말을 따라 했다. 이후 빠르게 술이 비워지며 거한 술자리가 이어졌다.

*   *   *

다들 코가 비뚤어지게 마시고서 시시덕거리며 우스갯소리를 하느라 바빴다.

하지만 심하게 취한 사람은 없을 것이다.

여기 있는 사람은 전부 6클래스 이상의 비욘더들이다.

심현세는 6클래스 센서블 비욘더, 윤진화는 6클래스 피지컬 비욘더, 마지막으로 정대영 역시 6클래스 매지컬 비욘더다.

심현세와 윤진화의 능력은 두 눈으로 직접 봤다. 정대영에 대한 것은 며칠 전 차서린에게 슬쩍 들었다.

몬스터들에게서 얻은 전리품을 돈으로 환산하러 갔던 내게 그녀는 국밥 한 그릇 하러 가자며 이런 얘기들을 늘어놓았다.

"지금 우리나라는 아진 군이 아는 것보다 더 엉망이에요. 장관직에 오른 더러운 비욘더들이 나라를 말아먹고 있어요. 국민들은 아직 모르지만 이미 윗세계에서는 그들의 부정부패에 대해 말들이 많아요. 다만 억울한 일을 당한 사람들끼리 얘기를 나눌 뿐, 다른 자리에선 쉬쉬하고 있죠. 그들은 시정잡배보다 더욱 더러운 인성을 지닌 이들이거든요."

말을 하며 차서린은 중앙제약을 예로 들었다.

중앙제약은 본래 서중앙이라는 사람이 80년 전 세운 제약 회사다.

시작부터 승승장구했던 이 제약 회사는 서중앙의 아들 서진철을 거쳐 손자인 서동영에게 사장 자리를 대물림했다.

3대째 기업이 대대로 이어져 내려오며 그 규모도 처음과는 비교도 안 될 만큼 커졌다.

이제는 대한민국 제약 회사라고 하면 중앙제약을 빼놓고 얘기할 수 없을 정도였다.

그런데 2년 전, 갑자기 서동영의 일가족이 비명횡사하는 사건이 벌어졌다.

서동영은 와이프와 아들딸을 데리고 여행을 가는 도중에 교통사고를 당했다.

서동영 일가는 그 자리에서 즉사했다.

이어 이 소식을 접한 아버지 서진철과 조부 서동영도 충격으로 쓰러져 사경을 헤매다 결국 죽음의 문턱을 넘어버렸다.

결국 줄초상이 나버린 중앙제약의 주가는 한없이 떨어지기 시작했다.

해서 중앙제약 측에서는 이사회를 열어 빨리 새로운 사장을 뽑아 자리에 앉히게 되는데 그가 바로 정대영과 인척 관계에 있는 조카 정호성이다.

그는 중앙제약에서 오래전부터 몸담고 일하며 수많은 공로를 쌓은 경력을 인정받아 여러 이사들의 공정한 회의 결과 새로운 사장직에 앉게 된 것이다.

신기하게도 정호성이 사장이 되면서 중앙제약의 주가는 다시 오르기 시작했다.

이후로는 중앙제약이 2년 동안 잔바람 한 번 없이 쑥쑥 커 가는 중이다.

한데 이 사건의 내막에는 정부 녀석들의 더러운 계책이 깔려 있었다.

우선 서동영 일가는 사고사한 게 아니다.

살해당한 것이다.

"국방부 장관 정대영이 서동영을 만나 이번에 새로운 국가적 사업을 위해 큰일을 하려 하는데 기부금을 내라고 종용했었대요. 그런데 서동영은 그것을 거절했었죠."

그 보복으로 정대영은 사람을 시켜 살인 교사를 했다.

이를 알아차린 서동영은 일가족을 데리고 피신을 하려던

와중, 결국 정대영의 마수를 피하지 못하고서 죽음을 맞은 것이다.

아울러 그의 아버지 서진철과 조부 서중앙도 정부 측 비욘더들에 의해 살해당했다.

쇼크로 쓰러져서 죽어버린 게 아니다.

이쯤 되자 서중앙 일가는 중앙제약과 관련된 일에 전부 손을 떼기로 했다.

이미 정부의 힘이 얼마나 무서운지 느꼈기에.

그들은 목숨을 내걸면서까지 그들과 싸울 자신이 없었다.

이후, 정대영은 조카 정호성을 사장 자리에 앉히기 위해 사실을 조작한다.

정호성은 사실 중앙제약에서 일한 적도 없었다.

그런데 정대영의 말 한마디에 그의 신분은 중앙제약 이사로 탈바꿈하게 되었다.

그것도 수많은 공로를 쌓은 사람으로 말이다.

이 모든 것이 가능했던 이유는 비욘더들이 정권을 쥐락펴락하고 있기 때문이다.

본래 비욘더가 된 이들은 정치권에 관여할 수 없다.

정치권에서 비욘더의 힘을 남용할 경우 권력을 오로지하게 되는 경우가 생길 수 있기 때문이다.

이것은 대한민국 헌법에 적혀 있는 내용이다.

한데 그 헌법을 가장 준수해야 할 장관 세 명이 싹 다 비욘더들이다.

그들의 존재 자체가 이미 불법이라는 얘기다.

그러니 나라가 이 모양 이 꼴인 것이다.

대통령은 장관들의 꼭두각시 노릇만 줄기차게 해댈 뿐, 아무런 힘도 없다.

이 장관들이 나라의 모든 것을 움직이고 있다.

그들의 혈족이나 이권을 나눠 먹는 대기업 총수들은 숱한 부정부패를 저질러도 조금의 불이익이나 피해 없이 떳떳하게 잘만 살아간다.

힘없는 자들은 떳떳해도 불이익을 당하고, 잘못을 저지르면 더 큰 벌을 받는다.

이게 지금 대한민국의 현실이다.

그래서 이 빌어먹을 족속들을 처단해야 한다.

마음 같아서는 당장 이 자리에서 이 땅의 모든 것을 좀 먹는 기생충 같은 버러지들의 목을 잘라 버리고 싶다.

그러나 참는다.

국민들이 전부 그들의 비리에 대해 완벽히 인지할 수 있는 날을 기다린다.

목을 베는 건 그때 가서 할 일이다.

이 녀석들을 목 벤 후엔 모든 비리들을 들춰내서 손에 손잡고 더러운 돈을 나눠 먹은 인간들의 뱃가죽을 가를 것이다.

그들은 이 나라의 고혈을 빨아먹었다.

절대로 용서해서는 안 된다.

소리장도(笑裏藏刀).

난 미소 속에 칼을 감추고서 장관들을 대했다.

장관들의 얼굴에 걸린 미소 역시 나의 그것과 비슷했다.

그들은 나와 손을 잡음으로써 얻을 수 있는 이득을 모두 취하면 내 목을 벨 셈이다.

나는 이득과 상관없이 반드시 그들의 목을 베려 한다.

더욱 필사적인 건 나다.

개인의 안위만 생각하는 더러운 녀석들보다 모든 것을 내건 내 쪽이 더 강하다.

"동생, 웃고 있는데 괜히 무섭네? 내 착각인가?"

갑자기 들려온 진태랑의 말에 속으로만 감추고 있던 생각을 들킨 것만 같았다.

하지만 침착하게 행동했다.

"평소에 그쪽이 죄지은 게 많은가 보지."

"성격만 불같은 줄 알았더니 말발도 제법이잖아. 대단하다, 너."

"뭐든 지기 싫어하거든."

"말도 쉽게 놓네. 내가 형인데 예고는 좀 하고 놓지."

"그런 거 별로 신경 쓰지 않는 성격 같아서."

"사람 파악도 잘하고. 과연 장관님들이 탐낼 만한 인재네요?"

"그럼 그럼! 아진이야말로 이번에 우리가 발견해 낸 옥석이지!"

정대영이 고개를 크게 끄덕이며 진태랑의 말을 받았다.

"옥석이 뭐예요. 다이아몬드보다 값지죠."

윤진화도 거들며 내 허벅지를 살짝 쓰다듬었다.

허벅지를 타고 점점 더 깊은 곳으로 다가오는 손모가지를 당장에라도 부러뜨리고 싶은 것을 겨우 참았다.

'빨리 기회가 와라.'

이 인간들은 술자리를 가지면 의도적으로 시답잖은 농담 따먹기만 해댄다.

물론 그런 와중 그들의 본심이 드러나기도 하고 노골적인 얘기를 몇 마디 주고받기도 한다.

하지만 그 정도의 영상을 녹화해 세상에 뿌리기엔 너무 약하다.

더더욱 진한 대화가 오가야 한다.

난 그걸 기다리고 있다.

"크으~! 아이고, 술 오른다. 자, 아진아. 한 잔 받아."

"네."

정대영이 잔을 비우고서 내게 술을 따라주었다.

"한 잔 마셔."

난 시키는 대로 술을 넘겼다.

탁.

빈 잔을 상에 내려놓고는 안주를 집어 먹으려는데 갑자기 솔깃하는 이야기가 귓전을 두들겼다.

"아진아, 난 말이다, 항상 왕이 있던 시대를 동경했다. 왕권 정치! 그 정치판 속에서 왕좌에 오르는 것! 그것이야말로 인간으로서 품을 수 있는 가장 큰 포부 아니겠냐?"

이거다.

기회가 생각보다 빨리 왔다.

"그렇죠."

난 맞장구를 치며 카메라의 작동법을 떠올렸다.

사실 신재림이 카메라만 덜렁 넘겨주고 가는 바람에 타조를 타고 오는 동안 어떻게 작동시켜야 하는 건지 몰라 난감하던 차였다.

그런데 차서린에게 전화가 왔고 그녀가 작동법을 알려주었다.

'포스를 소량 주입하면 작동한다고 했지.'

혹시 모르니 누구도 알아차리지 못하게 지극히 소량의 포스를 운용해 단추로 위장한 카메라에 주입했다.

그러는 와중에도 정대영은 계속 입을 놀렸다.

"나는 이 나라의 왕이 될 생각이다. 나뿐만 아니라, 심 장관도 윤 장관도 전부 왕이 될 거야!"

"어머? 나는 여왕이죠."

"그렇지! 우리 윤 장관은 여왕이지! 하하하하하!"

정대영이 신이 나서 얘기하니 심현세도 끼어들어 목소리를 높였다.

"지금 이 나라는 아둔한 인간들이 너무 많아. 세상은 말이야, 우리 같은 비욘더들이 지배하게 될 거다. 아무런 힘도 없는 비루하고 미천한 인간들은 힘을 가진 비욘더들의 노예로 전락하는 거지!"

"아무렴요."

심현세의 말에 윤진화가 맞장구를 쳤다.

정대영이 다시 입을 열었다.

"그때가 되면 아진이 너를 비롯한 정부 소속 비욘더들! 우리 멋진 사냥개 하운드들은 절대권력을 등에 업게 되는 거야! 세상의 모든 미녀들이 밤 시중을 들것이고, 세상의 모든 금은 보화들을 품에 안게 될 거라 이거야! 하하하하하하!"

"크하하하하하!"

"호호호호호호!"

세 장관의 웃음소리가 방 안을 가득 채웠다.

난 속으로 쾌재를 불렀다.

'됐다. 이 정도 영상이면 이들의 가면을 벗길 수 있다.'

이제 이 자리가 별 탈 없이 끝나기만 하면 되는 일이다.

속으로 흡족해하며 내 잔에 술을 따르려는데, 그것을 진태랑이 빼앗아 들었다.

"내가 한 잔 따라줄게, 동생."

"좋을 대로."

난 잔을 내밀었다.

거기에 진태랑이 천천히 술을 따랐다.

내가 채워진 잔을 다시 내 앞으로 가져오려 하는데, 진태랑이 돌연 내 팔목을 덥석 잡았다.

"왜 이래?"

내가 불쾌하게 노려보며 물었다.

한데 진태랑의 시선은 내 눈을 향하고 있지 않았다. 내 셔츠에 달린 단추 하나에 고정되어 있었다.

"아니, 아까부터 조금 신경 쓰이는 게 있어서."

"뭐가?"

"그 단추, 다른 단추들이랑 묘하게 다른 것 같은데 조금 확인해 봐도 될까? 자리가 자리인 만큼 여러 가지로 조심해야 하니까."

순간 모든 이의 시선이 내게 집중되었다.

"괜찮지?"

진태랑의 남은 손이 내 단추를 향해 다가왔다.

이를 바라보는 장관들의 얼굴엔 묘한 기대감이 어려 있었다.

'기대감? …이런.'

기회를 잡은 것이라 생각했는데, 함정에 빠진 것이었다.

이들은 처음부터 이런 상황을 노리고 있었다.

평소보다 헤프게 속내를 흘린 것도 계획된 일이었다.

그들은 내게 마음을 열어놓은 척 미끼를 던졌다. 난 그것을 물었고, 포획되기 직전이다.

'하필이면 오늘.'

이전까지의 회동에서는 카메라를 가지고 나가지 않았다.

그런데 오늘, 신재림이 내게 카메라를 달아주었다.

장관들이 노리고 그랬을 리 없으나 타이밍이 거지같이 꼬였다. 그리고 애초부터 내가 무슨 수작을 부리는 게 아닌가 싶어 진태랑을 대동한 것이다.

그는 겉으로는 한없이 가벼워 보인다. 그러나 내 단추 하나가 이상하다는 것을 눈치챌 만큼 눈썰미가 좋고 예리한 사내다.

그의 손이 단추로 위장한 카메라에 닿았다.

'어떻게 해야 하지?'

지금에 와서 단추를 내어주지 않을 수도 없는 노릇이다. 그건 곧, 이 단추에 뭔가가 있다는 걸 증명하는 것밖에 되지 않는다.

그렇다고 가만히 있자니 단추가 카메라라는 것이 들통날 판이다.

이러지도 저러지도 못하는 상황… 이라는 생각이 치고 올라오는 순간, 희망이 빛이 번뜩였다.

나에게는 항상 예상치 못한 힘으로 판을 뒤집는 비장의 카드가 있다.

게다가 현재의 난 7클래스 비욘더.

이때부터는 펫들의 소환을 위해 필요한 단어를 뱉을 필요가 없다.

의지만으로 펫들은 얼마든지 소환된다.

'소환, 샤오샤오.'

짧은 생각이 끝나자마자 샤오샤오를 소환했다.

진태랑이 단추를 뜯어내려는 그 순간, 내 가슴께에서 샤오샤오가 빛과 함께 나타났다.

"응?"

진태랑이 순간 움찔하면서도 행동을 멈추지 않았다.

샤오샤오는 갑작스러운 소환에 상황 파악을 못 하고 멀뚱거리다가 진태랑의 솥뚜껑 같은 손을 발견하고서 놀라 소리쳤다.

"샤아아아아아!"

샤오샤오가 대번에 짧은 다리로 진태랑의 손을 걷어찼다.

그러자 진태랑이 단추를 놓고 샤오샤오의 발을 주먹으로 받아쳤다.

콰아아앙!

샤오샤오와 진태랑의 힘이 충돌하면서 굉음이 울렸다. 동시에 충격파가 퍼져 나갔다. 그대로 가다가는 방 안이 엉망이 될 판이었다. 나는 상관없었다. 상이 뒤집히든, 문짝이 날아가든, 내 가게도 아닌데 뭐.

하지만 진태랑은 그게 아닌 모양이었다.

그가 반대쪽 손을 크게 휘둘렀다. 그러자 어마어마한 풍압이 일며 터져 나가려던 충격파를 잠재웠다.

쿠우우우우—

사위는 이내 아무 일도 없었다는 듯 조용해졌다.

'순수한 힘으로 바람을 일으켜서 충격파를 상쇄시켜?'

역시 비욘더 서열 1위답다.

그는 대외적으로 7클래스 피지컬 비욘더라 알려져 있다.

하지만 직접 느껴본 이 힘은 7클래스를 훨씬 웃돈다.

'8클래스 피지컬 비욘더일 가능성이 높아.'

에스테리앙 대륙에서도 8클래스에 다다른 인간은 몇 없었다.

그만큼 8클래스라는 경지의 벽은 어마어마하게 높았다.

'게다가 8클래스의 인간들은 전부 괴물 같은 녀석들이었지.'

그들의 어마어마한 힘은 보는 이로 하여금 기함을 일으킬 정도였다.

전사의 경우 주먹질 한 번으로 작은 동산 하나를 무너뜨렸다.

마법사는 주문의 영창 없이 마법을 자유자재로 시전하는 건 기본이었으며, 같은 1클래스 마법이라도 그 위력이 세 배 이상 강했다.

그 외에 다른 직업을 가진 이들도 타의 추종을 불허하는 무서운 힘을 자랑했다.

오죽하면 그들을 반신(半神)이라 부르며 추종하는 무리까지 생겨났겠는가.

아무튼 그건 에스테리앙 대륙의 얘기다. 지구에서는 아직한 번도 8클래스의 비욘더를 본 적이 없었다.

만약 진태랑이 내 예상대로 8클래스라면 이번이 처음으로 맞닥뜨리는 것이다. 게다가 레지스탕스는 골치 아픈 적을 상대해야 하는 상황에 놓인다.

"뭐야, 이거?"

진태랑이 재밌다는 얼굴로 샤오샤오를 바라봤다.

샤오샤오는 그 눈빛이 부담스러운지 내게 찰싹 달라붙어서 바들바들 떨었다.

"샤아아.(부끄러워.)"

난 샤오샤오를 천천히 쓰다듬었다.

"내 펫 중에 가장 믿음직한 녀석이야. 누군가 내게 위협적인 행동을 가하려 하면 이렇게 튀어나와 막아주지."

내 말에 샤오샤오는 눈을 동그랗게 뜨고 고개를 갸웃거렸다.

"샤아?(내가?)"

"그래그래, 샤오샤오. 이제 괜찮아. 딱히 위협하려던 건 아니었으니까."

"샤아? 샤?(위협? 누가?)"

"괜찮다니까."

난 능청스레 샤오샤오의 말을 받아넘겼다.

그때 정대영이 벼락처럼 소리를 질렀다.

"저, 저 몬스터는! 그 샤오샤오가 아니냐?"

"아아, 언제 봐도 귀엽네요."

윤진화도 한 마디를 보탰다.

"얘 아세요?"

진태랑이 두 사람에게 물었다.

"알다마다. 우리한테는 아주 소중한 녀석이지. 크하하하하!"

"몬스터가 장관님한테 왜 소중해요?"

"그건 나중에 얘기해 줄게. 지금은 복잡한 얘기는 그만하자고."

정대영은 진태랑에게 두루뭉술 답하고서 넘어가려 했다.

이 자리에 있는 장관들은 샤오샤오가 자신들에게 영생을 안겨줄 것이라 믿고 있다.

욕심이 워낙 큰 족속들이라 더 이상의 동반자는 원치 않을 터. 아무리 진태랑이라 해도 영생에 관한 이야기는 들려주지 않을 게 분명했다.

진태랑도 더 이상 깊게 파고들지 않았다. 대신 샤오샤오를 신기하게 바라볼 뿐이었다.

아무튼 샤오샤오로 인해 상황이 전환되었다.

난 이 기회를 놓치지 않고 장관들을 밀어붙였다.

"장관님들. 근데 이거 기분이 조금 그러네요."

"응? 뭐가?"

정대영이 짐짓 모른 척 되물었다.

"나는 장관님들 위해서 가진 패 전부 탈탈 털었는데, 이런 자리에서 거지 같은 대접 받는데도 장관님들은 방관만 하시네요? 우리 사이에 있던 일, 없던 걸로 할까요?"

내 말에 심현세가 얼른 손사래 쳤다.

"에헤이, 무슨 말을 또 그렇게 섭하게 해? 태랑이 입장에서는 충분히 그럴 수도 있지. 그리고 설마 아진이 네가 수상한 짓거리를 할까? 안 그럴 거라는 믿음이 있으니까 방관했던 거야."

"그딴 소리 하지 말고, 내 입장에서는 기분 나쁘니까 앞으로 이딴 누구라도 이딴 짓거리 하려 들면 나서서 막아주세요. 수틀리면 다 뒤집어엎어 버립니다, 나는."

"알았다, 알았어. 진정하고 다시 술이나 마시자, 아진아."

현재 나와 관계가 틀어지면 가장 잃을 게 많은 심현세가 어떻게든 나를 달래려 애썼다.

그가 그리 나오자 다른 장관들도 그냥 넘어가자는 분위기가 됐다.

하지만 진태랑은 그렇지 않았다.

"그래도 확인하려던 건 마저 하죠, 뭐. 너도 딱히 걸리는 거 없으면 문제없는 거잖아?"

진태랑이 날 끈질기게 물고 늘어졌다.

그에 정대영이 미간을 확 찌푸렸다.

"아이, 거 진짜! 아 모르겠어. 난 빠질 테니까 둘이 알아서 정리해!"

"저도 두 사람 일에는 관여 안 할게요. 그리고 불편하니까 자리 좀 바꿔 앉을까?"

윤진화의 말이었다.

그녀는 나와 진태랑의 사이에 앉아 있었다.

그녀의 제안에 진태랑이 냉큼 자리를 바꿨다.

상황이 이런 식으로 흘러가자 심현세는 아예 내 쪽에서 시선을 돌렸다.

하여튼 약아빠진 인간들이다.

진태랑의 말처럼 내가 의심되기는 하는데, 괜히 긁어 부스럼 될까 봐 나서지는 못하겠으니 자기들은 먼발치에서 굿이나 보고 떡이나 먹겠다는 심산이다.

진태랑은 그런 장관들의 가려운 곳을 확실하게 긁어주고 있다.

이 녀석은 뼛속까지 정부 소속 비욘더다.

"끝까지 해보자고?"

내가 진태랑을 노려봤다.

"너도 확실한 게 더 좋지 않겠냐는 거지."

놈은 내가 어떻게 나와도 단추를 확인하려 할 거다.

그래야 한다면 샤오샤오와의 싸움도 마다치 않을 것이다.

'어쩔 수 없군.'

이제 내가 위기를 돌파해 나갈 수 있는 방법은 단 하나.

행동으로 보여준다.

때로는 과격한 액션이 백 마디 말보다 더 먹혀들어 갈 때가 있는 법이다.

두드득!

난 옷에 달린 단추를 모조리 뜯어냈다.

"어라? 뭐 하냐?"

진태랑은 전혀 예상 못 했다는 얼굴로 날 바라봤다.

"기분 더러워서 이렇게 하려고."

단추를 쥔 손에 힘을 주어 비벼 으깼다.

콰득! 콰드득!

그리고 가루가 된 단추 잔해를 내 술잔에 넣고 술을 따랐다.

꼴꼴꼴!

그것을 단숨에 마셔 목으로 넘겼다.

"꿀꺽! 후우."

내게 관심 끄겠다던 장관들은 일동 하던 행동을 멈추고 내게 집중했다.

난 그 장관들 한 명 한 명과 시선을 맞춘 뒤, 마지막으로 진태랑을 노려보며 물었다.

"이러면 믿겠냐?"

진태랑이 말없이 눈을 꿈뻑거리다가 갑자기 웃었다.

"아하하하하! 뭐야? 나 이런 쇼맨십은 처음 본다. 너 진짜 대단한 놈이다. 나랑 의형제 맺을래?"

"지랄하고 자빠졌네. 심 장관님!"

"어?"

"내 잔 빈 거 안 보입니까?"

"어, 그래그래."

심현세가 후다닥 내 잔에 술을 따라줬다.

난 그것을 비우고서 정대영과 윤진화에게도 한 잔씩 받아 마셨다.

"방금 다들 두 눈으로 똑똑히 보셨죠. 앞으로 한 번만 더 이런 엿 같은 일이 생기면 당신들 안 봅니다."

장관들은 내 말에 아무런 대답도 하지 못했다.

대신 입을 연 건 진태랑이었다.

"그러니까 동생아. 우리가 안 보려고 이런 게 아니라 오래가기 위해서 그런 거잖냐, 내가. 우리 사이에 중요한 게 뭐야? 믿음이잖아, 믿음."

"믿으려면 이런 좆같은 의심 하지 말고 끝까지 그냥 믿어."

"알았어, 알았어. 미안하다. 이제 기분 풀고 술이나 계속 먹자."

진태랑이 한발 물러서니 그제야 장관들이 닫고 있던 입을 열었다.

"그래그래. 태랑이가 좋은 의미에서 그렇게 한 거니까 아진이는 이해 좀 해줘. 그리고 태랑아, 너도 좀 심했다. 아무렴 아진이가 딴생각을 할까 봐서."

"맞아요. 나는 처음 볼 때부터 아진 군 믿음이 확 가던데."

"아진이랑 정식으로 한잔하면서 친분 다질 수 있는 자리를 마련한 건 접니다. 알고들 계시죠?"

"심 장관, 아진이를 가장 먼저 만난 건 나야, 나."

"그게 뭐가 중요합니까? 나중에 만났어도 얼마나 깊은 친분을 쌓았느냐가 중요한 거죠."

"두 분 이러다가 싸우시겠네. 아진 씨, 인기 많아서 좋겠어요? 호호호호."

아주 자기들끼리만 화기애애하다.

그러는 와중에 진태랑은 계속해서 내게 치근덕거리며 살갑게 대했다.

나는 그런 진태랑을 깨끗이 무시하고서 그저 술만 넘겼다.

'하아… 동영상 아까워 죽겠네.'

그 동영상 하나만 살렸으면 게임 끝이었는데.

물론 진태랑이라는 거산을 오늘 발견해서 예상보다 힘든 싸움이 되었겠지만, 그래도 전쟁을 일으킬 명분을 가져올 수 있었다.

날아간 동영상이 아깝고 아깝고 또 아까워서 술을 마시는 내내 속이 쓰렸다.

*   *   *

술자리를 파하고 집으로 돌아왔다.

대충 샤워를 하고 침대에 누워 잠을 청했다.

하지만 눈만 감고 있을 뿐, 전혀 잠이 오질 않았다.

날려 버린 동영상에 대한 아쉬움에 이리저리 몸만 뒤척였다.

그러다 겨우 수마에 이끌려 꿈과 현실의 경계선에서 오락가락하고 있을 때였다.

지이이이잉—

스마트폰의 진동에 눈을 번쩍 떴다.

"타이밍도 참… 누구야?"

액정에는 신재림이라는 이름이 떠 있었다. 일이 어떻게 진행됐는지 궁금해서 전화를 한 모양이다.

난 전화를 받자마자 사과부터 했다.

"미안. 좋은 기회가 왔었는데 상황이 꼬여서……."

—아주 잘했어!

"…뭐?"

뭘 잘했다는 건지 몰라 되물었다.

신재림은 이제껏 들어본 적 없는 들뜬 음성으로 대답했다.

—네가 찍은 영상 잘 받았다.

그 말에 정신이 번쩍 들었다. 나도 모르게 몸을 벌떡 일으켰다.

"영상을 잘 받았다니?"

—너한테 달아준 초소형 카메라는 영상을 송출해 주는 역할만 해. 송출된 영상은 내 컴퓨터의 디스크에 저장된다. 카메라가 부서져도 아무 문제 없어. 아니, 오히려 잘했어. 일부러 카메라를 부수고서 네 결백을 주장했겠지? 그런데 잔해는 어떻게 했어? 술자리가 파한 후에 금속 잔해가 발견되면 결국 의심을 사게 될 텐데.

　"술에 타서 마셨어."

　—뭐? 아하하하하하! 네 재치에 놀랐다. 훌륭했어. 이제 우리는 전쟁을 준비할 거야. 정부 놈들을 때려잡을 날이 멀지 않았다. 오늘은 편히 자.

　통화는 그렇게 끝났다.

　난 아무 소리도 들려오지 않는 스마트폰을 여전히 귀에 댄 채 한참 동안 가만히 서 있었다.

　오랜 시간이 지나서야 상황이 현실로 받아들여졌다.

　"됐다. …됐어!"

　드디어 때가 왔다.

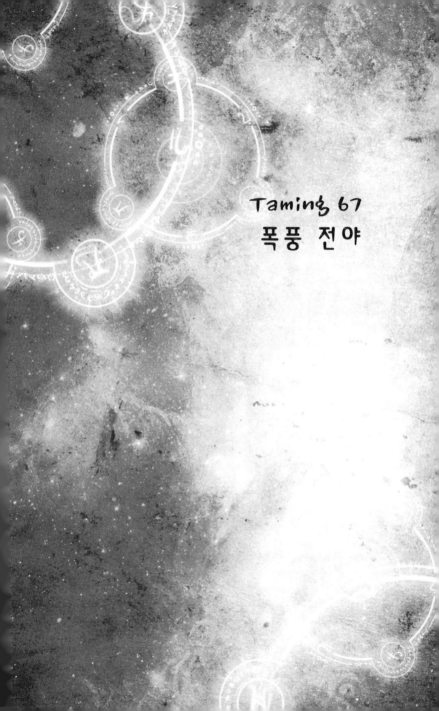

Taming 67
폭풍 전야

이제 제법 칼바람이 부는 계절이 찾아왔다.

신재림과 마지막 연락을 취한 지는 한 달이 지났다.

곧 전쟁을 일으킬 것처럼 굴더니 이상할 만큼 잠잠했다. 내부적으로 전쟁 준비를 하는 중인 모양이다.

그러는 동안 나는 꾸준히 펫들을 성장시켰다.

내가 7클래스로 올라가면서 테이밍할 수 있는 몬스터들의 수는 140으로 늘었다.

아공간의 크기도 넓어졌다.

현재 길들인 펫의 수는 총 130마리다.

링링, 톤톤, 푸르푸르, 루루, 듀라란 군단은 한 마리 예외 없이 최고 성장을 했다.

시크냥 역시 7성에 다다랐다.

사천사는 얼마 전 6성으로 성장했다.

샤오샤오는 여전히 4성이었다.

그러니까 사천사와 샤오샤오를 제외하면 모든 펫들이 최고 성장을 한 것이다.

추가로 더 테이밍한 몬스터는 없었다.

사천사보다 강력한 녀석을 만나지 않는 이상은 기존의 펫들을 성장시키고 관리하는 게 나았다.

'이 정도면 진태랑과도 붙어볼 수 있겠지.'

진태랑을 만난 이후, 내 성장의 목표치는 그가 되었다.

지금 정부 세력에서 무력으로 따졌을 때 가장 강력한 건 그다.

물론 무력이 능사는 아니다.

만약 그랬다면 이미 진태랑은 다른 의원 셋을 때려잡고 스스로 최고의 자리에 올랐을 것이다.

하지만 정부의 왕좌에 앉아 있는 건 세 명의 장관이다.

세상을 움직이는 건 역시 머리 좋은 놈들이다. 힘만 세서는 그런 놈들에게 이용당하다 끝나기 십상이다.

즉 진태랑은 장기판의 말, 그 이상은 아니라는 것이다.

그럼에도 내가 진태랑을 조심하는 건 8클래스 피지컬 비욘더가 어떠한 인간인지 직접 겪어봤기 때문이다.

진태랑은 우두머리의 재목이 아닐 뿐, 장기판에서는 그 어떤 장기 말보다 강한 인물이다.

순수한 힘으로 상대방의 지략과 전략을 뭉그러뜨리는 것이 8클래스 비욘더다.

마법조차 육신의 힘으로 파훼시켜 버린다.

8클래스 비욘더에게는 작전 같은 것이 필요 없다.

오로지 정면 돌파만이 있다.

그들에겐 그것이 정답이다.

때문에 진태랑을 잡아내지 못하면 전쟁에서 패할 가능성이 높아진다.

그럼 세상은 다시 정부의 손아귀에 놀아나게 된다.

내가 녹화한 영상이 퍼져 나가 국민들이 정부 놈들에게 반감을 산다 해도 그건 얼마 가지 못한다.

권력을 잡은 놈들은 국민들을 얼마든지 농간할 수 있다.

이를테면 이제까지의 잘못을 시인하고 새로운 리더를 뽑아 뿌리부터 다른 새로운 정부를 수립한다 공표 후, 꼭두각시를 앉혀놓은 뒤 하나둘, 이미지 세탁을 하면 그만이다.

사실 실세들은 바뀌지 않는다.

그들은 여전히 그늘에 숨어 한국을 쥐락펴락할 것이다.

그런 꼴을 당하지 않으려면 전쟁에서 이겨야 하고, 전쟁에서 이기려면 진태랑을 잡아야 한다.

다행히도 나한테는 펫들 말고도 에스페란자가 있다.

이것을 입고 육체 강화 레벨을 끝까지 끌어 올리면 7클래스 피지컬 비욘더의 수준에 다다른다.

내 펫들과 에스페란자의 힘을 합하면 충분히 진태랑을 상대할 수 있을 것이다.

무엇보다 내게는 막판 뒤집기 카드, 샤오샤오가 있다.

사실 난 이전에도 그랬지만 앞으로도 상대가 누구든 간에 샤오샤오가 절대 패배하지 않을 것이라 생각한다.

이 녀석은 무려 몬스터 로드의 후예다.

지금도 무지막지한 힘을 자랑하지만, 본신의 모습을 되찾으면 더더욱 괴물이 된다.

잠깐이긴 하지만 강제 성장을 했을 때의 샤오샤오가 내뿜던 기운을 아직도 나는 기억한다.

그것은 어떠한 공격도 거부하는 난공불락의 요새와도 같았다.

천하를 아우르는 지존의 강력함이 느껴졌다.

가히 그때의 힘은 진태랑 따위는 범접도 못 할 정도였다.

그러니 내가 두려울 게 있을까?

하지만 너무 샤오샤오만 믿는 것도 양심 없는 일이다.

나는 나대로 성장해야 한다.

만약에 샤오샤오에게 모든 것을 맡겼다가 어떤 예기치 못한 일로 샤오샤오가 사라져 버리면 난 빈껍데기가 된다.

그런 건 별로다.

　　　　*　　　　　*　　　　　*

"아진 씨?"

"응?"

"무슨 생각을 그렇게 해요?"

"아, 미안. 또 그랬어요?"

"……."

이환이 뚱한 표정으로 내 눈을 바라본다.

오늘은 오래간만에 그녀와 데이트를 하게 된 날이다.

그런데 도통 데이트에 집중할 수가 없었다.

언제 내가 만들어놓은 폭탄이 터질지 모르기 때문이다.

그때를 위해서 나는 계속 수련해야 한다.

강해지고 또 강해져야 한다.

그런 생각이 머릿속에 꽉 들어차 있어 도통 그녀와의 만남
에 집중을 할 수가 없었다.

한편으로는 이럴 때가 아닌데… 싶은 생각이 계속해서 치
고 올라온다.

그렇다 보니 오늘 이환을 만나면서 벌써 몇 번씩이나 같은
물음을 들었다.

식당에서도, 공원에서도, 그리고 지금 여기 카페에서도.

무슨 생각을 그렇게 하느냐고.

"무슨 걱정 있어요?"

"아니, 그런 거 없어요."

이환이 작게 한숨을 쉬고서 고개를 살짝 옆으로 꺾었다. 그녀의 맑은 눈이 내 양심을 쿡쿡 찌른다.

'사실은 걱정이라기보다 긴장이 되는 것이긴 하지만.'

이제 곧 한 나라가 발칵 뒤집힐지도 모르는데, 만사태평하다는 건 말도 안 된다.

내가 아무리 에스테리앙 대륙에서 모진 일을 겪었다고 하지만, 그렇다고 감정이 무뎌지는 건 아니다.

조금 더 대담해질 뿐이지.

"아진 씨, 아무리 봐도 무슨 일 있는 것 같은데 사실대로 얘기해 주면 안 돼요?"

나도 그러고 싶어요, 이환. 하지만 그럴 수가 없어요.

내가 한동안 아무 말도 없이 침묵만 지키자 이환이 고개를 천천히 내저었다.

"아진 씨. 우리 함께하는 시간이 길어질수록 저는 점점 더 아진 씨에 대해 모르겠어요."

"네? 모르겠다니요?"

"일전에 아진 씨가 말했죠. 정부 쪽 사람들과 어울리는 거, 전부 연기일 뿐이라고."

이환은 예전에 국회의원이었던 자신의 아버지 이야기를 하며, 내게 정부 쪽 사람들과 깊은 연을 만들지 말라 충고했었다.

"그랬었죠. 지금도 마찬가지구요."

"네, 그렇게 말할 거라고 생각했어요."

"내 말 못 믿어요?"

"믿고 싶어요. 하지만 요즘 아진 씨의 행보를 보면 전혀 연기처럼 보이지가 않아요."

이환이 불안해하는 게 충분히 이해가 됐다.

한 달 동안 나는 전보다 더욱 활발하게 매스컴을 탔다.

게다가 국가적 행사에도 자주 초대되었다.

세 명의 장관은 그런 행사에 늘 얼굴을 비추었다. 그러고는 늘 내 옆에 서서 미소 지었다. 그들은 가끔씩 내게 어깨동무를 하고 농을 걸고 짓궂은 장난을 치기도 했다.

그런 모습들이 수많은 카메라에 담겼다. 이는 전국으로 송출되었고, 이제 사람들은 나를 명실공히 정부와 국가를 위해 헌신하는 비욘더라 부르게 되었다.

이환에게는 그런 모습이 충분히 못마땅했을 것이다.

"이환, 보이는 것만 믿지 말아요."

"그러려고 노력했어요. 지금도 노력하는 중이구요. 하지만 믿으려고 할수록 늘어나는 건 아진 씨에 대한 비밀뿐이잖아요. 지금도 그래요. 무슨 생각하는지, 어떤 걱정이 있는 건지 전혀 말해주지 않잖아요."

"그럴 만한 이유가 있어서 그래요. 지금까지 힘들었을 테고,

앞으로도 힘들 테지만 조금만 더 믿어주면 안 되겠어요?"

이환이 아랫입술을 지그시 깨물었다.

그러고는 짧은 숨을 내쉬고서 눈을 감았다.

"아진 씨."

그녀가 눈을 감은 채로 날 불렀다.

"네."

"오래는 못 기다려요."

이환은 그 한마디를 남겨놓고서 벌떡 일어서 카페를 나갔다.

조금 전까지 그녀가 앉아 있던 자리엔 차갑게 식은 커피 잔이 초라하게 남아 있었다.

"…어울리지도 않는 영웅 짓거리 하기 더럽게 힘드네."

내 장담컨대, 이 일이 끝나면 신재림의 얼굴에 주먹부터 박아 넣을 거다.

＊　　　＊　　　＊

터덜터덜 집으로 돌아와 침대에 드러누워 복잡한 심경을 정리하려 했다.

그런데.

"여어."

마음속에서 한 서른일곱 번은 두들겨 팼던 신재림이 나타났다.

"…내가 노크하고 들어오랬지."

"여전히 환대받지는 못하는군."

"당신네들 일에 협조하느라고 애인이 떠나갈 지경이라고 말해주면 답이 될까?"

"큰일에는 작은 희생이 따르는 법."

"누구 마음대로 작은 희생이래? 그렇게 막말할 거야?"

"이번에는 진짜 화난 것 같은데?"

"알았으면 그냥 가. 중요한 얘기면 내일 다시 해. 지금은 들어도 다 잊어버릴 판이니까."

"화났어?"

"가."

"화났네?"

"가라고."

"화를 낼 거면 사람 눈을 보고 제대로 화내야지."

가뜩이나 짜증 나 죽겠는데 저딴 식으로 긁어대니 도저히 참을 수가 없어서 몸을 벌떡 일으켰다.

그런데.

"어?"

"아진 씨……."

"이환?"

신재림의 옆에는 이환이 서 있었다.

"이게 어떻게……."

너무 당황했더니 말이 제대로 나오지 않는다.

신재림이 어깨를 으쓱했다.

"이번에는 제대로 대문 앞에서 초인종 누르고 들어왔어. 문은 아버님이 열어주셨고."

"뭐? 당신 나랑 내통하는 거 알면 안 된다고 했……."

난 말을 하다 말고 입을 다물었다.

이환이 있었기 때문이다.

그에 신재림이 픽 웃었다.

"괜찮아. 이환도 다 알고 있으니까. 내가 전부 얘기해 줬지. 그리고 공식적으로 너희 집을 방문한 건 이환뿐이야. 나는 이환이 여기로 들어올 때 타임 워커 사용해서 몰래 들어왔지. 그러니까 지금 이 자리는 어디까지나 연인의 은밀한 연애가 진행되고 있는 거지."

"근데 왜 이환에게 전부 얘기한 거야? 설마."

"네 연애사를 걱정해서 그랬냐고? 음… 한 20퍼센트 정도는 그렇지."

"나머지 80퍼센트는?"

"내일. 네가 보낸 영상이 터진다."

한 달 동안 잠잠하더니 갑자기 일이 급박하게 진행되려 하고 있다. 신재림은 내가 머릿속을 정리할 여유도 주지 않고 계속 말을 이었다.

"그렇게 되면 그 영상을 뿌린 게 너라는 건 정부 놈들이 당연히 알게 되겠지?"

"그렇겠지."

"과연 네 가족들, 그리고 네 연인이 무사할 수 있을까?"

신재림의 말대로다.

정부 녀석들이 그들을 배신한 나를 용서할 리 없다.

하지만 당장 날 어찌할 수 없을 테니 내 주변 사람들을 노릴 것이다.

"그래서 이환에게 사실을 전부 얘기했다는 거야?"

"그래야지 우리가 그녀를 보호해 주려 한다는 것도 믿고 따라올 테니까. 안 그러면 다짜고짜 납치해 버리는 꼴이 되잖아."

신재림이 이렇게 행동할 줄은 전혀 예상하지 못했다.

이환을 바라봤다.

그녀의 얼굴에는 미안함만 가득했다.

그것은 곧 이환이 신재림의 얘기를 전부 믿었다는 뜻이었다.

나와 시선이 마주치자 이환이 고개를 푹 숙였다.

"정말 미안해요, 아진 씨. 나는 그런 줄도 모르고."

"괜찮아요, 이환, 오히려 미안한 건 내 쪽이지. 그동안 정말 많이 답답했을 테니."

내가 이환과 한 마디씩 주고받고 있자니 신재림이 불쑥 끼어들었다.

"일단은 상황이 상황이니만큼 연인 간의 신파극은 나중으로 미루자고."

"난 지금 이쪽이 더 급한데?"

"이해해 줘. 그렇게 여유롭지가 못해서. 우선은 네 아버지께 진실을 말씀해 드려야 돼."

"그다음은?"

"아버지와 이환을 안전한 곳으로 인도할 거야."

"그게 어딘데?"

"레지스탕스의 본부. 외진 시골 땅 깊숙한 곳에 마련되어 있으니까 안심해도 돼."

"시골 땅 깊숙한 곳? 그딴 데에 있는 기지를 믿어도 돼? 엄청 쉽게 발각되는 거 아니야?"

"내가 언변이 부족해서 이따위로 설명한 것에 대해 심심한 사과의 말을 전할게. 그런데 그렇게 허술한 곳 아니니 걱정하지 않아도 돼."

말미에 신재림이 손가락을 딱 튕겼다.

그러자 그의 뒤로 난생처음 보는 거구의 사내가 갑자기 나타났다.

"요즘에는 말도 없이 남의 집에 불쑥불쑥 찾아들어 오는 게 유행인가 보지?"

난 대놓고 핀잔을 줬다.

초면에 그런 소리를 들으면 화가 날 법도 하다.

그런데 거구의 사내는 허허 웃으면서 더벅머리를 긁적일 뿐이다.

"미안합니다. 재림 씨가 신호하면 들어오라고 하는 바람에 실례를 저질렀습니다, 이것 참."

사내는 사과하며 연신 허리를 굽신거렸다.

우락부락한 덩치와 다르게 태도가 공손했고 위협적이지 않았다. 온화한 얼굴은 웃는 상이었다.

사내가 그리 나오니 나도 더 화를 낼 수 없었다.

"소개할게. 이쪽은 레지스탕스 소속 데스페라도 김만우. 32살, 나랑 동갑이고 6클래스 센서블 비욘더다. 능력은 봤다시피 공간이동."

"잠깐, 질문 하나."

"얼마든지."

"가보지 못했던 곳으로도 공간이동이 가능해?"

내 물음에 신재림은 웃으면서 스마트폰을 꺼냈다. 액정을 보니 누군가와 통화를 하고 있는 중이었다. 통화 시간이 5분을 넘어가고 있다. 여기 들어오면서부터 전화를 걸었다는 얘기다.

액정에 적힌 이름이 보인다. 김만우.

"저 사람이랑 통화하고 있었다고?"

"응."

"왜?"

그러자 김만우가 스마트폰을 꺼내면서 배시시 웃었다. 그의 액정에도 신재림의 이름이 떠 있었다.

"저는 가보지 않은 지역이라도 닿을 수 있는 매개체가 있으면 공간이동이 가능해서요, 이것 참."

"그러니까 내 방에 들어온 신재림의 목소리가 전달되는 것만으로도 공간이동이 가능하다 그 말입니까?"

"그렇죠. 네네. 이해가 빠르시네요."

신재림이 덧붙였다.

"6클래스가 되면서 그게 가능해졌지."

정부 측 비욘더 중에서도 공간이동 능력을 가진 이가 있다. 하지만 같은 능력을 가졌다고 해서 세세한 성질까지 같아지는 건 아니다. 비욘더 스스로의 자질에 따라 능력의 위력과 작은 특성들이 달라진다.

그런 관점에서 보면 김만우의 자질은 상당히 뛰어나다.

공간을 이어줄 수 있는 매개체 하나만 있어도 그곳으로 이동하는 게 가능하다니 말이다.

'그러고 보니 둘 다 괴물이네.'

한 명은 어마무시한 공간이동 능력에 또 하나는 스스로의 시간을 빠르게 돌리는 타임 워커… 잠깐만.

"나 방금 궁금한 게 하나 더 생겼는데."

"궁금한 건 전부 물어봐야지."

"타임 워커라는 힘이 있으면 언제든 위원들 목 딸 수 있는 거 아니야?"

물론 그게 말처럼 쉬운 일은 아닐 것이다.

그러나 신재림의 능력이라면 가능할 법도 하다.

신재림은 크게 공감한다는 얼굴로 고개를 주억거렸다.

"나도 그렇게 해서 모든 일이 정리된다면 벌써 했겠지."

"장관들 대가리 날아가면 상황 끝나는 거 아니야?"

"과연 그럴까?"

"갑자기 그건 또 무슨 귀신 씻나락 까먹는 소리야?"

"정대영, 심현세, 윤진화. 이 세 장관이 과연 정부의 실세일까?"

"뭐? 그럼 비선 세력이 따로 있다는 거야?"

"있지."

"그런 걸 왜 이제야 말해?"

"우리 쪽 입장이라는 게 있잖아. 처음부터 널 백 퍼센트 신뢰하기는 힘든 일이니까."

"신뢰치가 올라갈 때마다 커다란 정보를 하나씩 내놓는다?"

"바로 그거야."

"짜증 나네. 그럼 여태껏 날 백 퍼센트 신뢰 못 했다는 거잖아."

"그런데 얼마 전에 모든 검증이 끝났지. 사실 오늘 찾아온 목적 중에는 이 사실을 알려주기 위함도 있어."

"검증이 끝났다는 것?"

"아니, 비선 실세의 정체."

이놈의 정부는 무슨 양파도 아니고, 까면 깔수록 계속 더러운 사실이 드러난다.

"비선이 누군데?"

"이미 너도 만나본 적이 있지."

내가 만나본 적 있다고?

전혀 감을 잡지 못하겠다.

"빙빙 돌리지 말고 그냥 얘기해."

답답해하는 내 반응을 신재림은 은근히 즐기고 있었다.

그가 얼굴 가득 미소를 머금고서 천천히 입을 열었다.

"진태랑."

"…뭐?"

그의 입에서 예상치 못했던 이름이 나왔다.

진태랑? 그 인간이 비선이라고?

나도 모르게 멍해져서 입을 꾹 닫아버렸다.

그 모습을 감상하던 신재림이 내 옆구리를 쿡 찔렀다.

"놀랐지?"

"상당히."

그러다 문득 내 시선이 이환에게 향했다.

"잠깐만. 근데 이 얘기 이환이 들어도 되는 거야?"

"뭐가 어때서?"

"내부자로 활동하고 있는 나한테조차 감췄던 사실이잖아. 한참 부려먹고 나서 겨우 알려준 걸 이환한테는 그냥 알려준다고?"

"그거야 넌 내부자들로 활동하다 삐딱선 타서 정부 쪽에 붙어 버리면 큰일 날 수 있으니까 그런 거지."

"내부자가 아닌 사람들한테는 막 알려줘도 되는 거고?"

"그건 아니지. 하지만 내일이면 이런 사실이 전부 뻥 하고 터질 텐데 조금 미리 안다고 해서 문제 될 게 있겠어?"

이런 망할 인간 같으니라고.

그 말은 곧, 어차피 내일이 되면 나 역시 알게 될 사실이었다는 거 아냐.

"너 사람 기분 나쁘게 하는 방법 가르치는 학원이라도 다녀?"

"있으면 알려줘. 등록 좀 하게. 하도 천사표 소리만 들어봐서 그런 기술이 필요하거든."

"웃기고 있네."

"저기… 대체 이 나라는 어떻게 되어가고 있던 건가요?"

여태껏 잠자코 있던 이환이 우리에게 물었다.

그녀의 눈은 큰 혼란으로 인해 파르르 떨리고 있었다.

나는 어떻게 설명해 줘야 할지 몰라 대답을 망설였다. 하지만 신재림은 거침이 없었다.

"여태까지 엉망이었어. 사람들은 거짓투성이인 국가 속에서 살고 있었던 거지. 정부 쪽 놈들은 이 나라의 지배자로 군림하기 위해 아주 오랜 시간 동안 잡짓거리를 하며 나라를 좀먹어왔지. 하지만 이제 전부 끝낼 시간이야."

"아……."

"내일 당장 전쟁이 벌어질지도 모르는데 전격의 검은 앞으로 어떻게 할 셈이야?"

신재림이 넌지시 이환을 떠봤다.

그에 이환은 막힘없이 단호한 의지를 내비쳤다.

"정부와 맞서 싸울 거예요."

"그렇게 나와야 초신성이란 칭호가 아깝지 않지. 아, 이제는 초신성이 아닌가?"

"보름 전에 신입 비욘더 중 한 명한테 양보했어요."

"졸업했었네, 몰라봐서 미안. 그럼 현재 클래스와 순위는?"

"4클래스, 전국 랭킹 231위."

"오, 그 정도면 훌륭한 전력이 되겠는걸?"

뭐? 231위?

이건 전혀 몰랐던 사실이다.

내가 이환을 보며 눈을 꿈뻑꿈뻑거리자 이환이 아차 하며 변명했다.

"아, 말 못 해서 미안해요. 그런데 근 한 달간 우리 만날 시간도 많지 않았고… 만나도 뭔가 아진 씨가 다른 곳에 정신이 팔려 보여서 기회를 잡지 못했어요."

"아니, 괜찮아요. 내 잘못이지 뭐. 내가 너무 무심했었어. 그런데 언제 그렇게 실력이 는 거예요?"

"죽을 둥 살 둥 훈련하는데 이렇게 늘지 않으면 검 놓아야죠."

하긴.

그녀의 훈련량을 보면 실력이 빨리 늘지 않는 게 이상할 터였다.

짝짝!

갑자기 신재림이 박수를 쳐 주위를 전환시켰다.

"자자, 얘기가 샜으니 하던 얘기로 돌아가자고. 이 정부의 비선 실세는 진태랑이다. 여기까지는 둘 다 이해했지?"

"근데 그게 가능한 얘기야? 진태랑이 서열 1위가 된 건 불과 몇 년 전이잖아."

"그렇지."

"근데 수십 년간 정치판에 있던 장관들이 아니라 진태랑이 실세라는 건 말이 안 되지 않아?"

"말이 안 되지. 하지만 그게 사실이야. 정부의 실세는 항상 비욘더의 랭킹 1위 비욘더였어."

"그게 무슨 소리야?"

"진태랑 이전에 군림하던 랭킹 1위 비욘더가 누구였는지 기억해?"

"정일환."

"그래, 7클래스 매지컬 비욘더였지. 진태랑 이전의 실세, 아니, 정부 녀석들의 단어를 빌리자면 황제는 바로 정일환이었어. 그런데 그가 진태랑에게 패한 뒤, 황제는 다시 진태랑이 되었지. 이후 황제의 자리에서 내려온 정일환은? 쥐도 새도 모르게 사라졌어."

그랬다.

원래대로라면 패배한 서열 1위 비욘더는 서열 2위가 되어 활동을 해야 한다.

그런데 정일환은 어느 날 갑자기 종적을 감췄다.

기억을 곱씹어보니, 서열 1위의 자리에 있다 내려오게 된 비욘더들은 전부 몬스터들과 싸우다 죽임을 당했다거나 실종되기 일쑤였다.

그래서 한때는 이것이 무슨 저주가 아니냐는 말까지 돌았을 정도였다.

"왜 그렇게 됐을까? 껍데기만 남은 육신은 필요가 없어졌으니까."

"껍데기? 육신… 설마!"

"그래. 현재 황제가 된 진태랑의 육신 안에는 다른 사람의 영혼이 들어앉아 있다."

"그럼… 진짜 진태랑은?"

"서열 1위가 되는 순간 죽었지. 정일환의 몸을 사용하던 영혼에 의해."

"지금 그게 가능한 얘기야?"

"불가능할 건 또 뭐야. 비욘더가 등장한 이후부터 이 세상엔 괴물들 천지인데. 물론 황제는 괴물 중의 괴물이지만."

"그 황제라는 녀석은 누구야, 대체?"

"정확한 정체는 아무도 몰라. 다들 황제라고 부를 뿐이야. 그놈은 늘 가장 강력한 비욘더의 몸을 빼앗지. 그러다가 그 비욘더의 육신이 노쇠하거나 더욱 강한 비욘더가 나타나면 다시 그 몸으로 옮겨 가는 거야. 황제는 그런 식으로 계속해서 절대적인 권력을 집권해 왔다."

"뭐 그딴 능력이 다 있어."

"황당하지? 나도 이 얘기를 처음 들었을 땐 믿기 힘들었다. 하지만 이건 이지안이 얻어낸 정보야. 그녀가 확실하지도 않은 걸 전달할 리는 없어."

이지안.

삼황 중 서열 2위이자 내부자들로 활동하고 있는 데스페라도.

그녀가 물어 온 정보라면 믿을 만하다.

"결국 현재 진태랑의 모습은 껍데기일 뿐, 그 속을 장악한 건 정체불명의 황제라는 녀석이라 이거군."

"그렇지."

"그럼 세 장관들은 뭐가 되는 거야? 그냥 바지 사장 같은 건가?"

"아니. 그들 스스로도 말했지만 왕이다. 하나의 황제 밑에 세 명의 왕이 존재하게 되는 거지. 그들 역시도 엄청난 영향력을 행사하는 건 분명해. 하지만 진태랑을 어찌하지 않는 이상 그들만 죽인다고 정부가 무너지지는 않아. 황제가 건재하면, 왕은 얼마든지 다시 선출할 수 있으니까."

"그럼 네 능력으로 진태랑의 목을 따는 건 어때?"

"시도하지 않았다고 생각해?"

"시도해 봤었어?"

"이지안에게 황제에 대한 이야기를 듣고 당장 진태랑을 암살하려 했다. 하지만 실패했지. 진태랑은 내 움직임을 읽고 기습에 대처했다."

놀라 뒤집어지겠네.

신재림은 스스로의 시간을 빠르게 움직여 광속에 가까운 속도를 낼 수 있다.

그런데 진태랑은 그런 신재림의 기습을 막아냈다.

말인즉, 순수한 육신의 힘만으로 광속의 움직임을 발휘하는 게 가능하다는 것이다.

괴물이다.

내가 에스테리앙 대륙에서 봤던 8클래스 피지컬 비욘더들보다 더욱 엄청난 괴물이었다.

"그거… 이길 수 있는 거야?"

"이겨야지. 새로운 세상을 맞이하려면."

이거 아무래도 생각했던 것보다 더 큰 적을 맞게 된 것 같다.

크게 어렵지 않을 거라고 생각했던 전쟁의 난이도가 훌쩍 올라갔다.

'하지만 신재림의 말대로 이기는 것 외엔 답이 없다.'

시작하지 않았으면 모를까, 이미 시작해 버린 전쟁이라면 무조건 이겨야 한다.

"자, 나머지 이야기는 기지로 가서 나누도록 할까?"

*   *   *

신재림은 아버지에게 지금까지의 자초지종을 설명했다.

아버지는 처음엔 혼란스러워하셨지만, 오랜 세월을 살아오신 어른답게 빨리 마음을 다잡고서, 담담하게 상황을 받아들였다.

"나처럼 보잘것없는 사람의 목숨도 귀하게 생각해 주셔서 감사합니다."

사정을 듣고 난 후, 아버지가 신재림에게 한 말이다.

신재림은 고개를 절레절레 저었다.

"보잘것없는 목숨은 없어요, 아버님. 그리고 아진이의 아버님이시니 더더욱 귀하게 모셔야죠. 자, 그럼 모두 만우의 손을 잡아주세요."

김만우가 두 손을 내밀었다.

나와 이환은 오른손을, 이환과 신재림은 왼손을 잡았다.

"그럼 기지로 갈게요."

김만우의 말이 끝나는 순간 엄청난 현기증이 일며 눈앞에 보이던 배경이 우르르 무너져 내렸다. 이윽고 온통 암흑으로 가득한 공간이 나타났다. 그것은 다시 또 다른 공간으로 변했다.

어지러운 속을 달래며 주변을 훑었다.

우리가 서 있는 곳은 넓은 건물 내부였다.

천장과 바닥, 사방이 전부 대리석으로 만들어진 곳이었다.

건물 안엔 아무것도 없었다.

그저 그 안을 밝히는 형광등만 달랑 달려 있을 뿐이었다.

신재림이 두 팔을 쫙 펼치며 말했다.

"레지스탕스의 기지, 텔레포트 룸에 온 걸 환영합니다, 여러분."

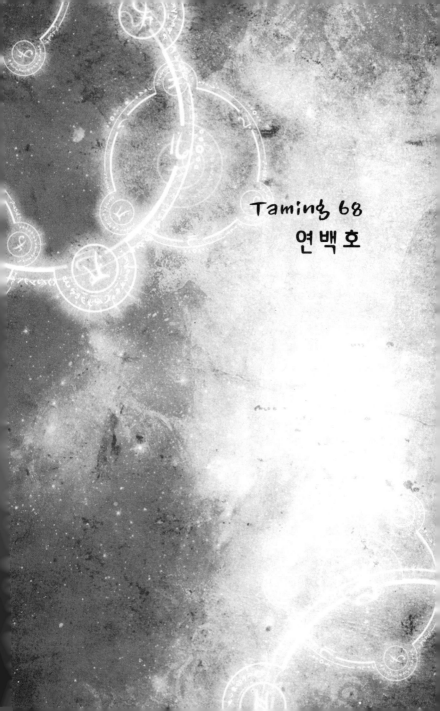

Taming 68
연백호

"근데 여기 나가는 문이 어디야?"

텔레포트 룸이라는 곳은 사방을 둘러봐도 반듯하게 이어진 대리석만 가득했다.

열릴 만한 틈 같은 게 없었다.

아버지와 이환도 주변을 두리번거렸다.

그때 이 상황을 즐기던 신재림이 손뼉을 쳤다.

짝짝!

박수 소리에 정면의 대리석 일부분이 흐릿해졌다. 두 사람이 드나들 수 있을 정도의 면적이었다.

흐릿해진 대리석 너머로 일자로 곧게 뻗은 복도가 보였다.

마치 홀로그램을 보는 것만 같았다.

"착한 사람한테만 보이는 문이거든요. 다들 보이시나요?"

신재림이 익살을 떨었다. 그가 앞장서서 흐릿한 대리석을 넘어갔다. 그 뒤를 김만우가 따랐다.

우리도 기이한 문을 넘어갔다. 그러자 흐릿했던 부분이 원래대로 돌아왔다.

"저게 어떻게 된 겁니까?"

아버지가 신재림에게 물었다.

"조금 업그레이드된 홀로그램이라고 생각하시면 돼요, 아버님. 텔레포트 룸은 출입구가 나 있는 형태예요. 그걸 홀로그램으로 막힌 것처럼 위장시켜 놓은 거죠."

"그, 그렇군요."

아버지는 반만 이해한 얼굴이었다.

이환은 신재림을 따라 걸으며 주변을 살피다가 질문을 건넸다.

"그런데 복도가 필요 이상으로 긴 것 같은 느낌이 드네요."

그 말대로였다.

복도가 길어도 너무 길었다.

이렇게까지 긴 복도를 만들어야 할 필요성이 무엇일까 생각하던 내게, 김만우가 품에서 뿔테 안경을 꺼내 내밀었다.

내가 그것을 받아 드니, 다른 사람들에게도 안경을 건네주었다.

"이게 뭡니까?"

신재림과 김만우가 안경을 착용했다. 그러고는 우리들에게도 착용하라는 제스처를 취했다.

뭐가 뭔지 모르겠으니 일단 시키는 대로 했다.

그런데, 안경을 쓰는 순간 양쪽이 꽉 막혀 있던 복도에 수십 개의 문이 나타났다.

"어라?"

"와아……."

"허허!"

차례대로 나, 이환, 아버지의 반응이었다.

난 안경을 살짝 벗었다. 조금전까지 보이던 문들이 전부 사라졌다. 안경을 다시 걸치니 또다시 문이 나타났다.

문들은 복도의 양쪽 벽에 일정한 간격으로 주르륵 달려 있었다.

그리고 복도 끝에도 문이 하나 존재했다.

"신기하죠?"

감탄하는 우리들에게 신재림이 말했다.

"왜 이런 식으로 만들어놓은 거야?"

"그럴일은 없겠지만 혹시라도 본부가 정부 세력에 발각되었을 경우, 그들을 혼란시키기 위해서지."

"위장을 해놓았다?"

"그렇지."

"훌륭하긴 한데, 고작 이 정도로는 너무 허술한 거 아니야?"

"과연 그럴까?"

신재림이 씩 웃으며 복도 중간쯤에 있는 문을 열었다.

문 너머에는 좌우로 길게 뻗은 복도가 나타났다. 복도의 양 끝은 다시 다른 길로 이어져 있는 형태였다.

"미로?"

"빙고. 문을 열고 들어갔다고 해서 바로 어느 장소와 이어지는 게 아니야. 이런 식으로 미로를 헤쳐 나가야 원하는 곳에 도착할 수 있는 거지. 여기서 끝일까? 다들 안경을 벗어보시겠어요?"

우리들은 전부 안경을 벗었다.

그러자 복도의 길이가 짧아졌다. 동시에 양쪽으로 나 있던 길도 사라졌다.

"문을 찾아서 들어가도 또다시 홀로그램으로 구조를 알 수 없게 된단 말이군. 길을 찾아낸다 해도 그건 미로가 되는 거고."

"그렇지."

과연, 이런 식으로 내부를 만들어놓으면 외부의 세력이 침투한다 해도 길을 잃고 헤매다 혼란에 빠지게 될 것이다.

"까딱하다가는 미로 속에서 헤매게 되니까 잘 따라오세요."

우리는 별말 없이 신재림을 따라갔다.

그는 복도 왼쪽의 꺾어지는 통로로 들어섰다. 그러자 다시 세 갈래의 통로가 나왔다. 신재림은 망설임 없이 가운데 통로로 향했다.

이번엔 다섯 개의 통로가 나타났다. 신재림은 오른쪽 끝에서 두 번째 통로로 향했다.

"진짜 복잡하게도 만들었네. 이 길을 다 외워야 하는 거야?"

내가 툴툴대자 김만우가 고개를 저었다.

"아닙니다. 안경을 쓰고 자세히 보면 위에 작은 동그라미 표시가 된 길이 있습니다. 그곳으로 가면 됩니다."

김만우의 말이 끝날 때쯤 다시 세 갈래 통로가 나왔다.

우리 세 사람은 모두 통로의 위쪽을 살폈다. 과연 오른쪽 통로 위에 동그라미 표식이 보였다.

"아, 그렇네요. 정말 동그라미 표시가 있네요."

"그렇죠? 안경을 잃어버리면 한참 헤매게 되니 조심들 하세요. 이것 참."

김만우가 뒷머리를 긁적이며 쑥스러워했다.

그걸 본 내가 넌지시 물었다.

"김만우 씨 그런 경험 있으시죠?"

"네, 네?! 아… 네, 이것 참."

김만우의 반응을 보며 이환이 키득거렸다. 아버지는 내 옆구리를 쿡 찔렀다.

"너보다 나이 많은 웃어른을 놀리면 못써, 아진아."

"죄송해요, 아부지."

이후로도 우리는 신재림과 김만우의 뒤를 따라 계속해서 걸어갔다.

갈림길은 이후로도 몇 번이나 더 이어졌다.

슬슬 미로 찾기가 질리려던 찰나, 지금까지와는 달리 커다란 공동이 나타났다.

"이건 또 뭐야?"

공동의 벽에는 20개의 문이 일정한 간격을 두고 달려 있었다. 하지만 올바른 길로 통하는 문은 단 하나. 문 위에 동그라미 표식이 되어 있는 곳이다.

난 이번에 앞장서서 그 문으로 향했다.

그런데 신재림이 그런 내 뒷덜미를 잡아끌었다.

"왜 그래?"

"그 문이 아니야."

"동그라미 표식이 있는데?"

"여기는 미로의 마지막 관문이야. 이 곳에서는 동그라미 표식이 된 문의 오른쪽 문으로 들어가야 돼."

"왜 그렇게 해놓은 거야?"

"만에 하나라는 것까지 막기 위해서지. 만약 이곳이 정부 세력에게 발각되었다. 그래서 그들이 침투했다. 거기다가 이 기지의 홀로그램을 파훼할 방법까지 찾아냈다. 그런데 미로의 비밀까지 밝혀냈다."

"희박한 가능성인데."

"그러니까 만에 하나라는 거야. 아무튼 동그라미 표식의 비밀을 알게 되었을 때를 대비한 마지막 트릭인 거지."

"그렇군. 근데 다른 문으로 들어가면 어떻게 돼?"

"그 즉시 트랩이 작동하고 가루가 되어 짓이겨질 거야. 그러니까 너랑 이환, 그리고 아버님께서도 공동이 나왔을 땐 동그라미 표식이 된 문의 오른쪽 문으로 들어가야 한다는 걸 명심하세요. 실수하시면 큰일 납니다."

"자기 목숨이 걸린 일인데 그런 걸 실수할 바보가 어디 있어?"

"쿨럭! 어허! 이것 참."

신재림에게 톡 쏜 말에 김만우가 깜짝 놀라 헛기침을 했다.

이 양반도 참 어마어마하게 허당인 모양이다.

"그럼 다들 들어가실까요."

신재림이 어딘가로 통하는 문을 열었다.

문 너머로 환한 빛이 밀려 나왔다.

우리는 신재림을 따라 빛 무리 안으로 들어섰다.

그러자 눈앞이 확 걷히며 여느 회사의 사무실 같은 공간이 나타났다.

그 안에는 스무 개의 책상이 놓여 있었고, 책상만큼의 사람들이 모여 바쁘게 일을 하는 중이었다.

"신참 받으세요~"

신재림이 말을 하자 그제야 컴퓨터 모니터에만 박혀 있던 시선들이 우리에게 향했다.

"어? 오! 미러클 테이머!"

살이 두툼하게 붙은 남성 한 명이 벌떡 일어나 알은체를 했다.

"안녕하세요. 안녕하세요들."

아버지는 연신 허리를 숙이며 사람들에게 인사를 건넸다.

이환도 고개를 가볍게 숙였다.

사람들은 하나같이 호의적인 얼굴을 하고 있었다.

"드디어 만나는군!"

그때 호쾌한 음성이 사무실을 쩌렁쩌렁 울렸다.

이윽고 입구와 가장 먼 책상에 앉아 있던 중년 사내가 벌떡 일어났다.

우리 아버지보다는 어려 보이지만 머리에 새치가 희끗희끗하고 얼굴엔 잔주름이 많았다.

대충 50은 초반 정도 되는 것 같은데, 기골이 장대했다.

그는 자신 있는 미소를 머금고 우리 앞에 다가왔다.

"반갑네, 미러클 테이머 루아진, 전격의 검 이환. 그리고 아진의 아버님, 반갑습니다."

코앞에 서 있으니 더 커 보인다.

키가 1미터 80은 족히 넘을 듯했다.

"누추한 곳까지 오시느라 고생 많으셨습니다. 하하하!"

이 아저씨 기차 화통을 삶아 먹었나.

말을 할 때마다 공간이 쩌렁쩌렁 울린다.

"실제로 보니 스크린으로만 접했던 것보다 훨씬 미남이군. 반갑네. 나, 레지스탕스의 두목 연백호라고 하네."

자신을 연백호라 소개한 중년 남자가 악수를 청했다.

난 그 손을 마주 잡고 가볍게 흔들었다.

"루아진입니다."

"깊은 얘기를 하기 전에 우선 아버님께 쉴 공간부터 마련해 드리고 싶은데 어떤가?"

난 아버지를 바라봤다.

아버지는 고개를 끄덕였다.

"그렇게 하죠."

"아버님. 훌륭한 아드님을 제가 잠시 빌려 가도 되겠습니까?"

"얼마든지 그리하세요. 허허."

아버지는 사람 좋게 웃었다.

연백호가 그런 아버지에게 허리 숙여 감사의 인사를 건넸다. 그에 당황한 아버지가 마주 허리를 숙였다.

"만우야. 아진 아버님 정중히 모시고 빈방으로 안내해 드리거라."

"알겠습니다. 아버님, 제가 편한 자리를 안내해 드릴게요."

"감사합니다."

"이따 봐요, 아버지."

"그래그래. 얘기 잘하고 오거라."

김만우는 아버지를 모시고 사무실 한쪽에 나 있는 철문으로 들어섰다.

내가 그 철문을 계속 바라보고 있자니 연백호가 내 어깨를 가볍게 두들겼다.

"저 안으로 들어가면 숙소가 나오지. 아버지께는 가장 좋은 숙소를 내어줄 테니 걱정하지 않아도 될 걸세."

"감사합니다."

"자, 그럼 우리는 회의실로 갈까?"

신재림과 나, 이환, 그리고 연백호는 사무실에 따로 마련되어 있는 작은 회의실로 들어갔다.

회의실은 사면이 커다란 방음 유리로 되어 있었다.

다들 의자에 앉고 나서 연백호가 입을 열었다.

"우선 밝혀둘 것이 있는데 난 데스페라도가 아니네."

"일반인이라는 말입니까?"

"그렇지. 레지스탕스 소속인 데다 두목 자리까지 꿰찼지만 아무런 능력도 없네. 사실 난 두목 노릇 하고 싶지 않았는데, 내부 방침이라는 게 있잖은가. 데스페라도는 두목직을 맡을 수 없다고 하는 바람에 운 나쁘게 내가 두목이 되었지."

"권력을 오로지하는 것을 경계하기 위한 방침이군요."

"맞아. 비욘더가 권력을 잡아버린 바람에 지금 정부 꼴이 말이 아니잖나."

"다 때려 부숴야죠."

"하하하하! 맞아, 그래야지. 난 자네의 그런 시원시원한 점이 마음에 들어. 아무튼 아버지는 우리가 여기서 안전하게 보살펴 드리겠네. 그러니 자네는 우리를 도와 정부 녀석들을 때려 부수는 데만 전념하면 돼."

"그러려고 따라온 겁니다. 아울러 아버지와 제 애인까지 신경 써주신 것에 다시 한 번 감사의 말 드립니다."

내 공손한 태도에 신재림이 고개를 절레절레 저었다.

"두목은 좋겠수. 난 아진이한테 저렇게 다정한 말 한번 들어보는 게 소원이었는데."

"너는 좀 밉상이잖냐. 하하하하!"

"그래요, 좋은 건 혼자 다 하세요."

신재림이 피식 웃고서 입을 다물었다.

그러고 보니 나도 참 의아하다.

사람을 대할 때 기본적으로 난 호의적이지 못하다.

그런데 연백호에게는 이상하리만치 친근하게 대하고 있지 않은가? 그건 모두 이 사람에게서 흘러나오는 이상한 매력 때문이다.

'사람의 마음을 무방비 상태로 만드는군.'

그는 스스로를 능력자가 아니라 말했다. 하지만 타인의 마음을 느슨하게 만드는 것이야말로 무서운 능력이다.

"아무튼 우리 쪽에서 내민 손을 잡아준 것에 대해 진심으로 고맙게 생각하네."

"옳다고 생각하는 쪽에 선 것뿐입니다."

"어찌 되었든 좋아. 알고 있겠지만 우리는 미디어를 통해 자네가 입수한 영상을 내일 풀어버릴 예정이네."

"알고 있습니다. 한데 그 이후에 벌어질 전쟁에 대해서는 만반의 준비를 갖춘 겁니까?"

"우리는 오래전부터 그런 날을 대비해 왔지. 언제든 맞서 싸울 준비가 되어 있어. 그리고 내일 터뜨리려 했던 영상은."

연백호가 주머니에서 자동차 스마트키만 한 리모컨을 꺼내 들었다.

리모컨에는 붉은색의 동그란 버튼 하나만 달려 있었다.

"바로 지금, 터뜨려 버리는 것으로 계획을 수정하도록 하지."

삐—

연백호가 붉은 버튼을 꾹 눌렀다.

"저거 누르는 순간 영상이 비욘더 레이블을 비롯, 인터넷상의 유명한 사이트에 전부 업로드돼. 아울러 모든 송출 신호를 방해해 버리고 안방 텔레비전에도 영상을 내보내 버리지."

신재림의 설명에 연백호가 만족해하며 고개를 끄덕이더니 엄지를 척! 하고 치켜 올려 스스로를 가리켰다.

"내가 만들었다네."

"그럼 이제……."

이환이 차마 끝맺지 못한 말을 신재림이 대신 했다.

"그래. 전쟁 발발이지."

드디어 시작이다.

Taming 69
두각

　12월의 어느 날.

　누군가 게시한 하나의 동영상으로 인해 세상이 발칵 뒤집
혔다.

　게시물의 제목은 '정부 측 내부자의 고발'이었다.

　그 안에는 아진이 몰래 촬영한 영상이 담겨 있었다.

　국방부 장관 정대영, 외교부 장관 심현세, 법무부 장관 윤진
화, 그리고 이지안과 진태랑이 함께한 술자리였다.

　동영상에 모습은 나오지 않았으나 아진의 음성이 섞여 있었
다.

　때문에 사람들은 그 영상을 촬영한 사람이 루아진이라는

것을 알았다.

처음 영상을 접했을 때의 반응은 조작일 것이라는 의견이 지배적이었다.

정부에서도 신속하게 대응해 게재된 동영상을 빠르게 내리기 시작했다. 아울러 현재 인터넷을 비롯 텔레비전을 통해 강제로 송출되는 영상은 근거 없는 조작된 영상임을 공표했다.

그러나 이미 동영상을 다운받거나 복사한 사람이 수두룩했다.

아무리 막아도 동영상은 빠른 속도로 퍼져 나갔다.

그러자 처음엔 조작일 것이라 의심하던 사람들 사이에서 다른 의견이 나오기 시작했다.

'조작된 영상이 아닐 수도 있다! 만약 그렇다면 왜 촬영 당사자로 예상되는 미러클 테이머가 아무 이야기도 없는 것이냐'는 것이 요지였다.

여기에 그래픽 전문가들이 이 영상에서 조작의 흔적은 찾아볼 수 없다고 밝혀 힘을 더했다.

물론 그 와중에 정부 측에서 매수한 또 다른 전문가들은 조작이 맞다는 의견을 내놓았다.

하지만 의혹의 불씨는 사그라들지 않았다.

한번 피어오르기 시작한 불길은 빠르게 번져 나갔다.

정부에서 아무리 막으려 해도 소용없었다.

정부의 의견을 뒷받침해 줄 증거들이 나타나면 모르겠으나,

그런 것이 전혀 없었다.

그저 조작일 뿐이니 현혹되지 말라는 얘기만 주구장창 해대니 국민들의 의심은 커질 수밖에 없었다.

조작이라는 증거를 가져오면 끝날 일이다.

루아진이 매스컴에 모습을 드러내 내가 찍은 영상이 아니라고 말하면 모든 것이 해결된다.

하지만 영상이 공개된 이후 아진은 보름 넘게 종적이 묘연했다.

아울러 삼황 중 한 명이자 동영상에 찍혀 있던 이지안도 자취를 감췄다.

오로지 진태랑과 나머지 세 장관들만 이 사실을 부정하고 있을 뿐이었다.

이제는 정부의 말을 믿는 사람들보다 불신하는 사람들이 더 많아졌다.

국민의 80퍼센트 이상이 진실을 규명하라 목소리를 드높였다.

하지만 정부는 모든 사실을 부인하면서, 불온 세력의 선동에 휘말리지 말라고 할 뿐 도통 국민들과 제대로 된 소통을 할 기미를 보이지 않았다.

시국은 걷잡을 수 없이 엉망이 되었다.

만약 동영상의 내용이 사실일 경우, 쉽게 손쓸 수 없는 거대한 파장이 일어난다.

동영상 속에서 장관들은 스스로를 왕, 여왕이라 칭했다.

아울러 국민들은 한낱 노예라 폄하했다.

마지막으로 자신들이 비욘더임을 밝혔다.

대한민국은 비욘더들이 정치판에 개입할 수 없다는 사항이 헌법에 명시되어 있다.

그런데 그 비욘더들이 장관직을 꿰차고 앉아 있다고 하면, 그들은 여태껏 국민을 조롱한 것이 된다.

또한 국민을 노예라 표현한 것, 왕이 되겠다는 발언 역시 용서할 수 없는 부분이다.

그런 썩은 사상을 가진 인간들이 끌어가는 정부를 국민들이 손 빨면서 두고 보지는 않을 터였다.

하지만 정부는 계속해서 입만 털어댈 뿐, 확실한 해결책을 내놓지 못했다.

그에 국민들을 시간이 갈수록 동영상이 진짜일 것이라는 쪽으로 마음이 기울었다.

동영상이 공개되고 열흘이 넘은 시점부터는 주말마다 국민들이 거리로 뛰쳐나왔다.

그들은 한데 모여 정부에게 진실 규명을 위한 목소리를 드높였다.

하지만 속 시원하게 돌아오는 대답은 없었고 불통의 시간만 흘러갔다.

그렇게 동영상으로 인한 파문이 벌어진 지 한 달이라는 시간이 흘렀다.

*　　　　　*　　　　　*

쾅!

넓은 사무실에 타격음이 울렸다.

"그 빌어먹을 꼬맹이 새끼가!"

윤진화가 평소답지 않게 거친 말을 뱉었다.

그녀의 주먹에 두들겨 맞은 철제 책상이 종잇장처럼 구겨졌다.

"진정해, 윤 장관."

정대영이 그녀를 달랬다.

윤진화가 고리눈을 하고 정대영을 노려봤다.

"지금 진정하게 생겼어?!"

평소 우아하고 고고한 척했던 윤진화의 저급한 본성이 위급한 상황에서 드러났다.

"루아진! 그 새끼 때문에 우리가 이런 꼴이 됐는데!"

"이런 꼴? 어떤 꼴? 국민들이 미쳐 날뛰는 걸 지켜보고만 있어야 하는 꼴? 겨우 그깐 걸로 화병 나면 제명에 못 죽어. 어차피 국민들은 노예야. 우리가 주는 먹이를 받아먹고 사는 가축이야. 지금은 평소에 먹던 것보다 자극적인 먹이를 먹어서 발광하고 있지만, 그것보다 더 맛있는 먹이를 던져주면 다시 우리한테 복종할 거야. 늘 그래왔잖아."

"정 장관 말이 맞아. 화만 낸다고 달라질 거 있어? 그럴 시간에 앞으로 어떻게 하는 게 좋을지 생각하는 게 효율적이지."

정대영에 이어 심현세까지 가세하고 나섰다.

그에 윤진화는 억지로 화를 누그러뜨리고 물었다.

"후우, 그래요. 내가 너무 흥분했네. 하지만 당장 이렇다 할 방도가 없는 건 맞잖아?"

"방도가 있지. 어떤 최악의 상황 속에서도 늘 나아갈 길은 존재하는 법이야."

정대영이 호언장담했다. 하지만 윤진화는 그가 영 미덥지 않았다.

"그렇게 자신만만한 양반이 왜 여태껏 단 한 번도 그 '나아갈 길'에 대해서 언급하지 않았죠?"

"생각을 해본 거지. 루아진이 왜 그런 짓을 벌였던 건지. 그리고 루아진을 돕고 있는 배후가 어딘지. 며칠 전, 겨우 감을 잡았고 지금은 확실해졌어."

"그래서 결론이 뭔데요?"

"레지스탕스. 루아진은 레지스탕스에서 우리 쪽에 심어놓은 내부자였다."

정대영의 말에 윤진화와 심현세가 눈을 크게 떴다.

그러나 이내 심현세가 고개를 내저었다.

"레지스탕스라고? 설마. 그 녀석들은 시궁창 속의 쥐나 다름없는 족속들이야. 오래전부터 호시탐탐 정부를 어떻게 해보려고 틈을 봐왔겠지만 그게 다야. 놈들은 우리에게 정면으로 들이받을 깜냥이 안 돼."

"물론 그렇지. 보유하고 있는 이능력자의 수는 우리 쪽이 월등히 많았으니까. 하지만 그건 오만이었다. 동영상이 터지고 난 뒤 갑자기 실종된 비욘더의 수가 300이 넘어. 개중에는 서열 100위권 안에 이름을 올린 이도 서른이나 되지. 이게 무얼 뜻할까?"

"뭐? 나는 처음 듣는 얘긴데?"

"나 역시."

심현세와 윤진화에게는 금시초문인 얘기였다.

이해할 수 없다는 그들의 반응에 정대영이 혀를 찼다.

"쯧쯧. 자기 배 불릴 생각만 하지 말고 주변을 좀 살펴봐. 요즘 새파랗게 어린 놈들이 왕좌를 노린답시고 정치권에서 얼마나 설레발치고 다니는지 몰라?"

"이거 왜 이래? 나도 알아봤어. 워낙에 큰 사건이 터진지라 혹 무슨 변고라도 있는지 차진혁이한테 물어봤다고!"

"나도 그랬어요. 진혁 씨는 비욘더 길드에서 관리하는 비욘더들에게는 아무런 문제가 없다고 하던걸요. 전부 각 지부 길드 마스터에게 받은 보고인지라 믿을 만하다고 했어요."

"믿을 만한 보고를 건네주던 그 길드 마스터들이 오늘 아침 일제히 증발했다는 건 모르나 보지?"

"……!"

"……!"

또다시 두 장관이 말문이 턱 막혔다.

"이래서 당신들은 물러 터졌다는 거야. 그래. 차진혁이 믿을 만하지. 그런데 차진혁이 말고 그 밑에 있는 애들도 믿을 만한지는 두고 볼 일이야. 이럴 때를 대비해서 난 그놈들한테 감시책을 붙여놨었어! 몇 년 전부터! 그런데 당신네들은 뭘 했어!"

정대영이 목소리를 드높였다.

심현세와 윤진화는 입을 딱 다물고 대꾸하지 못했다.

세 장관의 동등한 위치에 금이 가는 소리가 들렸다.

정대영은 이번 사건으로 그들보다 한 계단 위에 서게 되었다.

같은 왕좌에 앉은 왕이라도 중소 국가를 다스리는 왕과 강대국을 다스리는 왕의 위엄은 다르다.

정대영은 속으로 쾌재를 불렀고, 나머지 장관 둘은 이를 깨물었다.

"길드 마스터들이 사라진 걸 차진혁이보다 내가 먼저 알았지. 뒤늦게 사실 파악을 한 차진혁이가 놀라 자빠지더군."

정대영이 쐐기골을 박아 넣었다.

"이제부터 황제께서 자리에 안 계실 때는 모든 일을 내가 컨트롤하겠어. 그래야 제대로 돌아가지 않겠난 말이야. 불만

없지?"

두 장관은 입이 열 개라도 할 말이 없었다. 억울하고 속에서 천불이 나지만 그저 고개를 끄덕일 뿐.

정대영이 그들의 반응에 만족해하며 말을 이었다.

"좋아. 자, 일단 이건 레지스탕스에서 벌인 짓거리가 확실해. 내 개인적인 연락망을 통해서 비욘더가 하나둘 사라지는 걸 감찰해 왔으니까. 중요한 건 놈들이 흔적도 없이 사라져 버린다는 거야. 루아진도 그랬지. 이환이 녀석을 보러 집으로 들어간 다음 행적이 묘연해졌어. 놈은 물론 이환과 놈의 애비까지도. 이건 어느 집단의 조력이 없인 불가능해."

정대영은 유독 개인적인 연락망이라는 부분에 힘을 줬다.

그게 아니꼬웠던 윤진화가 한마디 쏘아붙였다.

"만약 그 집단이 레지스탕스가 아니라면?"

"아니더라도 레지스탕스라고 몰아가야지! 이번 기회에 싹 다 잡아 죽일 수 있을 텐데!"

"그건 그렇다고 쳐요. 이런 사실을 미리 알았다면 더 일찍 대처했어야 하는 거 아닌가요?"

"어이, 윤 장관. 지금 '나 머리 비었어요' 하고 자랑하는 거야, 뭐야?"

"뭐라고?"

"시국이 엉망인 데다가 정부가 국민에게 미움을 사고 있는 와중인데, 함부로 레지스탕스를 의심했다가 종적을 감추고 있던 비욘더들이 다시 나타나면? 정부는 이상한 모략질이나 하는 집단이 되는 거야. 국민을 한 번 더 우롱한 게 되는 거지. 그땐 걷잡을 수 없는 거라고."

"윽."

괜히 입 열었다가 본전도 못 찾은 윤진화는 고개를 돌리고는 괜한 입술만 씹어댔다.

"하지만 지금은 길드 마스터들이 사라졌지. 이제는 레지스탕스 녀석들에게 모든 걸 덮어씌울 수 있어."

"어떻게?"

심현세가 물었다.

"팩트를 가지고 공격해야지. 길드 마스터가 사라진 건 이제 전국의 비욘더가 모두 알고 있어. 비욘더 레이블에도 올라왔고. 지금쯤이면 국민들도 다 알겠지. 놈들을 모조리 레지스탕스와 뒤에서 손잡고 공작을 펼친 반란 분자로 몰아가는 거야. 그래서 전쟁을 벌이는 거지. 루아진이 뿌린 영상에는 우리가 나쁜 놈이라는 것만 담겨 있지, 레지스탕스가 정의의 사도, 혹은 좋은 놈들 집단이라는 얘기는 없잖아."

심현세가 생각해 봐도 그것 외엔 뾰족한 방도가 없었다. 윤진화 역시 마찬가지였다.

두 장관이 이견을 내놓지 않자 정대영이 씩 웃었다.

"지금부터 전쟁의 시작이야. 황제께 보고를 올리도록 하지."

다음 날.

정부는 사라진 비욘더들을 레지스탕스와 내통하는 반란 분자로 공표했다.

그 시점, 레지스탕스에서는 얼마 전 녹화한 또 다른 동영상을 송출하려 하고 있었다.

레지스탕스의 지하 기지, 그중에서도 가장 큰 회의실에 레지스탕스의 수뇌부 30인이 모였다.

그중에는 아진도 보였다.

기다란 테이블의 상석에 앉은 연백호가 천천히 일어났다.

그러자 모든 이의 시선이 그에게 집중되었다.

"정부 녀석들이 우리가 원하는 대로 움직여 주고 있습니다. 그러니 우리도 그에 부응해 줘야겠죠?"

연백호는 테이블에 놓인 작은 리모컨을 들었다.

얼마 전 아진이 찍어 온 동영상을 송출할 때 사용했던 그 리모컨이었다.

"그럼 누릅니다?"

연백호는 다른 사람들이 뭐라고 하기도 전에 버튼을 눌렀다.

"송출 완료."

　아진을 비롯한 레지스탕스 소속 비욘더들이 대거 사라진 이후, 필드를 정리하는 건 거의 서열 100위권 이상의 비욘더들 몫이 되었다.

　그동안은 대부분 아진이 필드에 들어갔었다.

　그러다 아진이 사라지고 나니 다른 비욘더들이 상대적으로 바빠졌다.

　사실 아진 말고도 서열 100위권 안에 드는 비욘더들은 자신의 실력에 자신이 있었다.

　그럼에도 필드를 꺼려했던 건, 그 안에 나타난 몬스터의 종류와 규모를 파악할 수 없기 때문이다.

　재수 없으면 강력한 몬스터 무리에 둘러싸여 죽임을 당할 판인데 누가 나서려 하겠는가.

　아진은 그래도 몬스터 군단이 대신 싸워준다는 핸디캡이 있었다.

　때문에 다른 비욘더들보다 위험 부담이 적었다. 나중에는 마갑 에스페란자를 만들어 본신까지 완벽하게 보호할 수 있었다.

　게다가 비장의 카드인 샤오샤오까지 함께다.

　필드가 크게 두렵지 않을 만도 했다.

　입장 가능한 인원수가 1인 필드는 늘 아진이 독식했다.

한데 그랬던 아진이 사라져 버리니 남은 비욘더들이 부담을 안고 필드에 입장해야 했다.

게다가 삼황 중 서열 2위인 이지안은 애초부터 내부자였기에 자취를 감췄고 1위 진태랑은 어지간해서는 움직이질 않았다.

엎친 데 덮친 격으로 서열 3위 백우현도 일주일 전 쥐도 새도 모르게 실종되었다.

칠왕 역시 사정은 비슷했다.

아진이 칠왕의 리더가 되면서 서열 5위로 밀려난 서리안을 비롯해, 서열 6위 김현명, 서열 7위 전다경, 서열 8위 김태리까지 전부 모습을 감췄다.

하나같이 아진이 찍은 영상을 보고 마음이 바뀌어 레지스탕스와 접촉한 뒤 마음을 바꿔 먹게 된 것이다.

때문에 칠왕 중 정부 측에 붙어 남게 된 건, 서열 9위 정요환과 서열 10위 정사윤뿐이었다.

게다가 앞서 정대영이 말했듯이 서열 100위권 내에서 총 서른이나 되는 비욘더들이 빠져나갔다.

때문에 비욘더의 전력은 확 줄어들었다.

남은 인원들이 필드가 열릴 때마다 나서야 한다는 건 큰 부담이었다.

실제로 한 달 동안 필드에서 죽임을 당한 비욘더의 수는 이백이 넘었다.

주로 실력이 있는 비욘더들이 먼저 투입되었다가 죽어버리는 바람에 이제 기존 100위권 안에 이름을 올리고 있는 비욘더의 수는 스물이 채 안 됐다.

때문에 대한민국의 국민들은 시간이 갈수록 불안해했다.

제발 미러클 테이머가 되돌아오기를 바라는 목소리가 드높아졌다.

그럴수록 정부를 향해 그들의 농간질이 미러클 테이머를 떠나보내게 만들었다는 비난의 화살이 쏟아졌다.

그러던 와중 비욘더 레이블과 유명 인터넷 사이트에 또다시 동영상이 업로드되었다.

아울러 전 가구의 텔레비전 및 컴퓨터 모니터, 스마트폰을 통해서도 강제적으로 영상이 송출됐다.

영상에는 아진과 각 지부의 길드 마스터들이 한데 모여 앉아 있었다.

아진은 밝은 얼굴로 운을 입을 열었다.

"안녕하십니까, 대한민국의 존경하는 국민 여러분. 근 한 달간 갑작스럽게 벌어진 사태로 인해 많이 혼란스러우셨을 것이라 생각합니다. 저와 실종되었던 각 지부의 길드 마스터들은 오늘 국민 여러분의 알 권리를 위해 이 자리에 섰습니다."

이어 아진과 길드 마스터들이 간단히 목례를 했다.

목례를 마친 다음 아진의 얘기가 이어졌다.

"우선 동영상을 찍은 건 제가 맞습니다. 하지만 퍼뜨린 건 제가 아니라 레지스탕스입니다. 그렇습니다. 저는 레지스탕스의 비호를 받으며 정부의 고위층과 친분을 쌓으며 내부자로 활동했습니다. 레지스탕스와 손을 잡은 건 저뿐만이 아닙니다. 실종되었던 모든 비욘더들은 현재 레지스탕스의 기지 내에 있습니다."

그간 내부자로 활동하고 있는 비욘더는 몇 안 되었지만, 레지스탕스와 뜻을 함께하기로 한 비욘더는 상당했다.

그 인원이 전부 사건이 터지자 하나둘 레지스탕스의 기지로 몸을 감춘 것이다.

물론 이런 사실도 아진은 나중에서야 알았고, 신재림에게 욕을 한 바가지 퍼부어주었다.

"우리는 왜 정부를 등지고 이런 선택을 한 것일까요? 해답은 제가 몰래 촬영했던 동영상 속에 있습니다. 다들 보셨겠지만 정부의 장관들은 비욘더입니다. 비욘더는 정치권에 개입해서는 안 된다는 헌법을 어기고! 그들은 이 나라의 권좌에 앉아 세상을 자기들 마음대로 주무르고 있었습니다. 여러분이 접한 동영상 속 발언은 빙산의 일각에 불과합니다. 그들은 국민을 노예로 비유하며, 스스로를 왕이라 칭하면서 더 큰 망발을 일삼았습니다."

말을 이어가는 아진의 음성에 점점 더 큰 힘이 들어갔다.

처음에는 적어 준 것을 받아 읽는다는 느낌이 강했으나 나중에는 스스로 감정이입이 되었다.

"더 이상은 속지 마십시오. 우리가 경계하고 배척해야 할 절대악은 정부입니다. 그럼 레지스탕스는 믿을 만한 집단이냐? 물론 처음에는 그렇지 않았습니다. 하지만 지금은 다릅니다. 오래전, 정부에서 권력을 오로지하기 위해 한 가지 실험을 했습니다."

아진은 신재림에게 들었던 인젝트 프로젝트에 대해 늘어놓았다.

비욘더의 몸에서 능력을 차출해 그것으로 인위적인 비욘더를 만드는 실험.

그 실험을 받은 비욘더는 무조건 죽고, 정부가 만들어낸 비욘더는 무조건 정부의 명령을 따르는 종복이 된다는 것까지 전부 다.

"이런 정부의 더러운 속내를 알게 된 비욘더 몇몇이 레지스탕스로 넘어와 당시의 어두웠던 세력을 정리했습니다. 이후, 레지스탕스는 정의로운 비욘더들에 의해 정부와 맞서 싸우기 위한 집단으로 성장했습니다. 저 역시 마찬가집니다. 지금 이 시간 이후로 공표하건대, 저는 더 이상 정부 소속 비욘더가 아니라 레지스탕스의 데스페라도입니다."

아진의 그 말에 뒤에 서 있는 길드 마스터들이 결연한 얼굴로 고개를 끄덕였다.

"저는 오늘 이 자리에서 정부에게 레지스탕스의 뜻을 대표로 전하려 합니다. 대한민국의 진정한 민주주의와 국민의 자유를 위해! 레지스탕스는… 정부에게 정식으로 전쟁을 선포합니다."

＊　　　＊　　　＊

레지스탕스가 정부에게 정식으로 전쟁을 선포했다.

정부 역시 이를 받아들이고, 범죄 집단과의 대대적인 전쟁을 벌이겠다 공표했다.

지금을 살아가는 이들에게 전쟁이라는 단어는 익숙하면서도 낯설었다.

디멘션 임팩트 이후 늘 몬스터와의 전쟁 속에서 살아가는 것이 일상이었다.

하지만 그 전쟁은 일반인의 몫이 아니었다.

오로지 비욘더의 몫이었다.

그런데 이번에는 다가오는 전쟁은 무게가 달랐다.

인간과 인간의 싸움이 발발했으니 던전이나 필드 같은 지역에서 싸우는 게 아니다.

국민들이 발을 디디고 살아가는 땅 위에서 전쟁이 벌어지는 것이다.

재수 없으면 불똥이 튀어 마른하늘에 날벼락을 맞아 비명횡사할 수도 있는 일이다.

그에 국민들은 제발 평화적으로 모든 일이 해결되기를 바랐다.

하지만 레지스탕스와 정부 어느 하나 물러설 기미를 보이지 않았다.

누가 막으려 해도 어차피 전쟁은 벌어진다. 그러한 현실을 인정하는 이들은 이왕 이렇게 된 거 레지스탕스를 응원하자고 목소리를 높였다.

이미 세 장관의 더러운 속내를 알게 된 이후였다.

게다가 미러클 테이머가 그들이야말로 악의 축이라 공식적으로 밝혔다.

루아진이라는 이름은 정부의 도움으로 국민들에게 영웅의 대명사처럼 박혀 버린 상황이었다.

게다가 국민들의 불만에 답답하게 대응하는 정부보다 화끈하게 상황을 정리해 주는 루아진에게 호감이 가는 건 당연지사다.

속 모를 정부는 물러가고 루아진을 비롯한 레지스탕스가 새로운 정부를 수립하라는 의견들도 적잖이 나왔다.

정부는 민심을 잃었다.

반면 레지스탕스는 민심을 얻었다.

아울러 아진의 고발 동영상을 보고 레지스탕스 쪽으로 마음을 돌린 비욘더들 역시 상당했다.

이 정도면 충분히 정부를 상대로 이기는 전쟁을 할 수 있었다.

폭풍 전야.

두 거대한 세력이 마지막 채비를 하며 전의를 다졌다.

전쟁 선포 후, 사흘 동안은 마치 전쟁을 할 것이라 공표했던 사실이 거짓말인 듯 조용하기만 했다.

하지만 전운은 코앞까지 다가와 있었다.

*   *   *

한때 공장 지대였던 경기도 구리의 넓은 평야.

이곳은 디멘션 임팩트 이후 처음 열린 던전에서 뛰쳐나온 몬스터들의 놀이터가 되었다.

몬스터들은 공장을 습격해 사람을 죽이고 건물을 무너뜨렸다.

군부대가 최대한 신속히 투입되어 몬스터들을 사살했지만, 이미 피해는 복구할 수 없을 만큼 커진 이후였다.

결국 공장지대는 폐쇄되었다.

그로부터 이십여 년 후.

낡아버린 폐공장 건물들이 전부 사라진 자리엔 거대한 신축 연구소가 들어섰다.

'한국 몬스터 연구 센터.'

지구에 나타나는 몬스터들에 대해 분석하고 위험도를 책정하며, 전투 대응책을 내놓는 곳이다.

지금의 세태에 없어서는 안 될 중요지였다.

어슴푸레 날이 밝아오는 새벽녘.

연구소의 제1실험실에는 두 명의 박사가 밤새 잠을 이루지 못한 채 각자의 연구에 몰입해 있었다.

그중 하얀 가운을 걸치고 백발이 성성한 노년의 조채문 박사가 말없이 모니터만 보고 있던 동료 박사에게 말을 걸었다.

"자네 괜찮은가? 피곤하면 들어가서 눈 좀 붙이게."

그에 동료 박사는 조 박사를 돌아보지도 않고 대답했다.

"피곤하기는요. 지금 들어가면 몇 시간 동안 뒤척이다가 도로 나올 겁니다."

"자네 잠 없는 거야 익히 알고 있는 사실이네만 그렇게 혹사하다가는 쥐도 새도 모르게 훅 가는 수가 있어. 항상 조심, 또 조심해도 부족한 게 건강일세."

"아직은 쌩쌩하니 걱정 마십시오."

말을 하며 동료 박사가 빙글 뒤돌아 앉았다.

그런데 박사는 동양인이 아닌 서양인이었다. 그럼에도 한국 말을 아주 능숙하게 구사하고 있었다.

"난 말야. 이렇게 뒤통수만 보고 대화하다가 자네 얼굴을 보면 깜짝깜짝 놀라. 얼굴 가리고 말하는 것만 들으면 누가 자넬 외국인이라고 생각하겠나?"

"하하하. 칭찬으로 듣겠습니다."

맑게 웃음 짓는 서양인 박사가 조 박사는 마냥 좋았다. 그는 연구소의 보물 같은 존재였다. 그가 이 연구소에 오고 나서부터 조 박사를 비롯한 다른 모든 박사들의 일손이 확 줄었다.

그는 본래 열다섯 살 때부터 그 천재성을 인정받아 미국 본토에서 몬스터 연구를 해오던 터였다.

현재 지구에 존재하는 모든 몬스터의 이름은 그가 붙인 것이라 해도 과언이 아니었다. 아울러 몬스터들의 약점과 특성을 파악하는 데에 남다른 눈썰미를 자랑했다.

그런 인재가 어느 날 갑자기 한국으로 넘어와 한국 몬스터 연구소에서 일을 하게 됐다.

누군가 보낸 것이 아니라 자원해서 온 것이었다.

안타깝게도 그가 넘어온 직후 미국에서 전 세계에 절대적 불가침 조약을 선포했다.

덕분에 그는 두 번 다시 고국 땅을 밟지 못하게 됐다.

하지만 아쉬워하지 않았다.

그는 한국에서도 끊임없이 몬스터들을 연구하는 데만 몰두할 뿐이었다.

그러다 수십 년의 세월이 흘렀고 이제는 그도 나이를 제법 먹은 중년인이 되었다.

조 박사는 그의 얼굴을 바라보다 그 너머에 있는 모니터로 초점을 옮겼다.

모니터에서는 뉴스가 송출되고 있었다.

레지스탕스와 정부의 전쟁에 관련해 관련 인물들이 모여 담화를 나누는 모습이 담겼다.

"흠… 심란하구먼, 심란해."

조 박사가 고개를 절레절레 저었다.

"아무래도 피바람이 불 것 같으이. 어차피 피해 갈 수 없을 전쟁이라면 난 레지스탕스를 응원하자는 입장인데… 자네 생각은 어떤가?"

조 박사의 물음에 중년 박사의 얼굴에 묘한 미소가 걸렸다.

"글쎄요. 저는 어느 쪽이 이기든 크게 상관없을 것 같습니다."

"자네 그러다 회색분자 소리 듣기 딱 좋을 걸세."

"그런가요?"

"사람 좋은 것도 정도껏 해야지, 줏대 없는 인간으로 찍히는 경우가 있어."

"명심하도록 하죠."

"아이고, 눈이 침침하네. 난 그만 들어가 보겠네. 고생하게, 자이렉스 박사."

"들어가십시오."

무거운 몸을 일으켜 허리를 두들기며 연구실을 떠나는 조 박사의 뒷모습을 자이렉스가 말없이 바라봤다.

『미라클 테이머』 7권에 계속…

▪ Illustrator : 김재범 ▪

미러클
테이머

인기영 장편소설
FUSION FANTASTIC STORY

MIRACLE
TAMER

이계로 떨어져 최강, 최고의 테이머가 되었다.
그러나… 남은 것은 지독한 배신뿐.

배신의 끝에서 루아진은 고향, 지구로 되돌아오게 되는데……
몬스터가 출몰하기 시작한 지구!
그리고 몬스터를 길들일 수 있는 테이머 루아진!
그 둘의 조합은……?

『미러클 테이머』

바야흐로 시작되는
테이머 루아진과 몬스터들의 알콩달콩한
대파괴의 서사시!!

Novel Publishing CHUNGEORAM

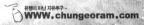

유행이 아닌 자유추구-
WWW.chungeoram.com

이모탈 퓨전 판타지 소설
FUSION FANTASTIC STORY

용병들의 대지
Road of Mercenaries

이 세계엔 3개의 성역이 존재한다.
기사들의 성역, 에퀘스.
마법사들의 성역, 바벨의 탑.
그리고… 그들의 끊임없는 견제 속에 탄생하지 못한

『용병들의 대지』

전쟁터의 가장 밑을 뒹굴던 하급 용병 아론은
이차원의 자신을 살해하고 최강을 노릴 힘을 가지게 된다.

그의 앞으로 찾아온 새로운 인생!
아론은 전설로만 전해지던
용병들의 대지를 실현시킬 수 있을 것인가!

Book Publishing CHUNGEORAM

유행이앞선정보화공간
WWW.chungeoram.com

FUSION FANTASTIC STORY

텀블러 장편소설

현대
천마록

천하를 호령하고, 전 무림을 통합한
일월신교의 교주 천하랑.
사람들은 그를 천마, 혹은 혈마대제라고 불렀다.

『현대 천마록』

무공의 끝은 불로불사가 되는 것이라 생각했지만
그로서도 자연의 섭리 앞에선 어쩔 수 없었다!

'그렇게 많은 피를 흘렸음에도 불구하고
죽을 때가 되니 남는 것이 없군그래.'

거듭된 고련 끝에 천하랑의 영혼이
존재하지 않게 된 그 순간
그의 영혼은 현세에서 천마로서 눈을 뜬다!

Book Publishing CHUNGEORAM

유행이 아닌 자유추구 -
WWW.chungeoram.com

FUSION FANTASTIC STORY

가프 장편소설

시크릿 메즈

SECRET
MEZ

-너는 10,000개의 특별한 뉴런을 더하게 되었어.
매직 뉴런, 불멸의 뉴런이지.

실험실 알바를 통해 만난 '6번 뇌'.
우연한 만남은 이강토를 신비의 세계로 이끈다.

『 시크릿 메즈 』

매직 뉴런을 탑재한 이강토의
정재계를 아우르는 좌충우돌 정의구현!
긴장하라, 당신이 누구든 운명은 이미 그의 손안에 있으니!

"무슨 꿍꿍이가 있는지, 어디 한번 봐볼까?"

Book Publishing CHUNGEORAM

유행이 아닌 자유추구 -
WWW.chungeoram.com